後宮の検屍女官 2

小野はるか

角川文庫
22915

目次

主な登場人物

姫 桃花《きとうか》

寝てばかりで出世欲や野心がないが、
検屍となると覚醒する。
皇帝の寵妃《ちょうひ》の侍女だったが、
降格され織室の女官に

孫 延明《そんえんめい》

妖艶な微笑みで女官たちを魅了する
美貌の宦官。
後宮の要職である掖廷令《えきていれい》となる

イラスト／夏目レモン

点青《てんせい》
延明の同僚で、皇后お気に入りの宦官。北方の異民族

才里《さいり》
桃花の同僚の女官で友人。噂や色恋話が大好き

梅婕妤《ばいしょうよ》
皇帝の寵妃で、後宮最高位の妃《ひ》嬪《ひん》

華允《かいん》
延明の筆記係り兼雑用係りになった野犬の仔のような少年宦官

小海《しょうかい》
織室の丞《じょう》（副長官）を務める柔和な雰囲気の宦官

金剛《こんごう》
首吊り死体として発見された宦官

大海《たいかい》
小海が兄と慕う同郷の宦官

亮《りょう》
鋭い目つきで強面の宦官

懿炎《いえん》
鬚《かげ》がありしっとりとした雰囲気の宦官。亮の同僚で友人

馮充依《ふうじゅうい》
宦官との密通により降格になった、皇帝のかつての寵妃

第一章　掻き傷

夜光杯《やこうはい》に、酒がゆれていた。

玉《ぎょく》を極限にまで薄く削ってつくられたその杯《さかずき》は、満月のもとで、まことにほんのりと輝いているように見える。

夜空を映すようにして眺めてから、それを孫延明《そんえんめい》はぐいっとあおった。今宵《こよい》は何杯ほど口にしただろうか。蓮池《はすいけ》を渡る強い夜風が、火照《ほて》った頬に心地よい。

「河西《かせい》の酒は強いな」

延明にそう声をかけたのは、大光《だいこう》帝国皇太子——延明の主《あるじ》だった。

立とうとしたところを手で制し、太子は席に腰をおろす。

「すこし酔ったか」

「多少。しかし河西の酒を夜光杯でいただくなど、よい機会を得ました」

延明は『妖狐《ようこ》の微笑み』と評されるやわらか、かつどこか妖《あや》しさのある笑みで礼をとる。

さきほどまで、ここ東宮の中堂《ひろま》では酒宴が開かれていた。

集ったのは、太子が招いた客たちだ。辺境といわれる河西出身の儒者や名士らで、故郷を数千里離れて暮らす彼らのために太子が用意したのが、故郷の酒、そして河西の銘器・夜光杯だった。

「欲しいか？」

「さて、それは酒と杯の話でしょうか、それとも賓客《かれら》のことでしょうか」

はぐらかすと太子は小さく笑い、延明がついだ酒をあおる。

延明も杯を掲げ、口をつけた。その際視界に入ったのは、おのれの袍《ほう》の袖《そで》だ。すこしまえまで、この袖の色はつねに青緑色と決まっていた。それは性を切り取られた宦官《かんがん》であることをしめす色だ。延明は宮城の奥深く、中宮《ちゅうぐう》と呼ばれる皇后の住まいで働く宦官だった。

それがこうして好きな袍に袖を通し——つまり宦官ではなく大夫《たいふ》として太子に仕えるようになって、ひと月半が経つ。

朝廷入りし、いずれ訪れる即位のために働くというのが、太子と交わした約束だったのだ。春に起きた一連の事件ののち、延明はすぐに中宮を辞し、内廷を出た。

しかしあるていど予期していたことではあったが、それらはいまだ叶《かな》えることができていない。

たとえ太子の推挙があろうとも、帝の相《しょう》が君臨する三公府が反対すれば、そのまま任官は却下されてしまうからだ。そしてその三公のひとりが、寵妃《ちょうひ》・梅婕妤《ばいしょうよ》の父である。

延明の進出を阻む政敵であり、高い壁である。太子の問いは訊《き》くまでもないことだった。

——欲しいとも。壁をのり越えられるほど、たくさんの支持が。

宴《うたげ》はその人脈づくりのために太子が整えてくれた場だが、現実はかなり厳しい。足かせとなっているのはやはり、延明の経歴だった。

宴席でかすかに聞こえた「刑余の者か」というささやきが、はっきりと耳にのこっている。延明の襠褲《はかま》のうちを見透かそうとするような、嘲笑《ちょうしょう》の視線も。

延明はたしかに、かつて大罪の連座によって腐刑を受け、浄身となった。

だが、すべては冤罪《えんざい》であったのだ。いまとなっては罪は晴れ、身分の回復をはたしている。

それでもいつまでもついてまわる侮蔑《ぶべつ》に、腹のなかで嵐が渦を巻くようだった。

「利伯《りはく》、深酒とならぬように気をつけよ」

利伯。それは延明にとっては過去の名だ。

体も心も、あのころの自分にはどうやってももどれない。

「……わかっております。荷物の整理など、やらねばならぬことも多ございますから」

宴のまえに、皇帝の使者が錦《にしき》張りの詔《みことのり》を運んできた。そこには、延明を『掖廷《えきてい》令《れい》』に任ずるとあったのだ。その主な職掌は後宮に住まう妃嬪や女官の管理であり、彼女たちを捕らえるための獄も管轄下にあるという要職である。

とはいえ、侮蔑にまみれる覚悟をして『外』へと踏み出したというのに、ここへきて内廷への詔用だ。

「これが外朝の職であったなら、と思わずにはいられませんが」

「気持ちはわかるが、陛下もいま三公府と対立してまで登用することはあるまい。掖廷令はあくまで内廷職であるから自由が利くのだ。それに悪くはない。後宮ならば、中宮にいたころよりもできることは多いであろう」

たしかに太子が言うように、悪くはない。

延明の朝廷入りも、将来この太子が玉座につかなければ意味がなく、太子が玉座につくためには、許《きょ》皇后がこのまま国母の座にいる必要がある。後宮の寵妃・梅婕妤に転覆させられるわけにはいかないのだ。

その点において、たしかに後宮ならば、こうして屈辱にまみれながら酒を飲む以上にできることがあるだろう。

「梅婕妤が知ったら憤慨するでしょうね。娘娘《ニャンニャン》の手先が掖廷令とは」

「それも一時のこと。なにせ若い側室がふたりも入ってくるのだ。それどころではなかろう」

春に起きた事件によって、後宮妃嬪《ひひん》がふたり欠けた。

これにより、あらたに側室を入内《じゅだい》させようという動きがあるのだ。

「私は後宮動乱への重石《おもし》の役割、というわけですね」

「そうであろうな。万が一なにか騒動が起きたとしても、おまえならすぐさま解決に導くことができるであろう。実績もあるゆえ、陛下も信頼しているのだ」

私ひとりの功績ではございません、とは、心のなかだけで言う。

「私などに、もったいなきことです」

揖礼《ゆうれい》をささげながら、延明は脳裏にとある人物を思い描いていた。

検屍術《けんし》によって、春の事件をみごと解決に導いた、ひとりの女官だ。

桃の花のような愛らしい顔立ちに、うつらうつらとした寝ぼけ眼、くしゃっとてきとうに結った髪に、よれよれの深衣……。

延明は小さくかぶりをふった。もっとよい記憶を掘りおこそうとするが、眠そうにしているぐうたら女官の姿しか思い浮かばない。

――だが、死体と向きあうときだけはちがった。

凛《りん》として美しかった……気がする。残念だが希少すぎて、すでに思い出せない。

――あれから、ひと月半か。どうしているだろうか。

着任は夏至のあとだ。

後宮づとめとなれば、なにかの折に会う機会もあるかもしれない。

——迷惑そうな顔をするのだろうな、どうせ。

つい、口もとがほころんだ。

「どうした、利伯？」

「いえ、なんでもございません。風が強くなって参りましたね」

素顔の笑みを『妖狐の微笑み』で覆い隠す。院子《にわ》の木が夜空を掃くように大きく揺れていた。

＊＊＊

内廷にて失火の急報がもたらされたのは、その深夜のことだった。


染めと織りのための部署・織室《しょくしつ》は、その作業によって大きく三つに区分されている。蚕を養い繭から糸を紡ぐ蚕房《さんぼう》、糸や生地を染め、あるいは印花をほどこす染房《せんぼう》、そしてさまざまな技法で絹を織りあげる織房《しょくぼう》である。

なかでも最も多くの女官が作業に従事しているのがこの織房で、横長につくられた舎に房《へや》をいくつも切り、各々《おのおの》五機の機が置かれていた。宿舎も五人制なので、ともに寝起きする五人で一組となり、仕事にあたる仕組みである。

「大火災だったわね。中宮の一部まで燃えたらしいわよ。出火もとは掖廷の獄ですって！　延焼した玉堂からはまだ煙があがってるらしいわ」

きい、ぱたんと機の踏み木を動かしながら、友人である才里《さいり》がしゃべるのを、桃花《とうか》は必死に眠気をこらえながらきいていた。

ひとりがいま席を外しているが、桃花たちは房を通常より少ない三人で使用している。だから気安いというわけではないが、才里は手を動かしながら口もよく動かしていた。それでも仕上がりは丁寧で早いのだから、感心する。

才里の立てる音にあわせて、桃花も舟を漕《こ》ぎそうになりながら機を織った。

ほんとうはこのまま眠ってしまいたいが、そうはいかなかった。

後宮随一の寵妃である梅婕妤の侍女から降格され、ふたりそろって労働者としてこちらへ異動となってから、ひと月半。

残念ながらまだ、『寝ながら機を織るわざ』は身についていない。

「ちょっと、きいてる？　こら桃花！」

相づちがきこえなくなると、すかさず才里が手をのばしてゆすってくる。

桃花は涎《よだれ》が垂れそうになったところで、はっと目が覚めた。ほんの一瞬だけ夢の世界に足を踏みいれていた気がする。

「……はい。火は、消えたのでしょうか」

「玉堂はまだだって、さっきあたし言ったじゃないの。寝てたわね？」

「昨夜、才里がもうすこし寝かせてくだされば、いま寝ずにすむのですけれども」

才里は世話好きで気のいい女官なのだが、色恋話をはじめとしたうわさ話に目がない。そのうえ物見高いところがある。

昨夜の火災でも、興奮した才里が逐一情報を収集してきては、頼んでもいないのに一晩中報告をきかせてくれたのだ。

寝ては起きてのくり返しだったので、いつも以上に意識があやうい。

「むしろ、才里はなぜそんなに元気なのでしょう。寝不足は才里もおなじなのでは？」

「なに言ってんのよ。気になって眠れないより、いっそ調べに行ったほうが頭もすっきりさわやかに決まってるじゃないの」

「わたくしは気にもなりませんでしたし、眠っていたほうがすっきりさわやかであったと心の底から思っていますわ」

愚痴をこぼしてみたが、才里はまったく気にも留めない様子で、「ところで」と声をひそめた。

「知ってる？　出火もとが掖廷獄だってことで、ついに『死王』が司馬雨春《しばうしゅん》を殺したんだって、そういう話もあるのよ」

「また死王ですか……」

死王とは、春の事件でうわさになった赤子の幽鬼だ。その母親を殺したのが、獄にて刑の執行を待っていた司馬雨春という男である。

「あら、またもなにも、ずっとよ。獄のなかでずっと、赤子の泣き声が聞こえるって訴えていたらしいわ。それで火事で死んじゃったんだもの、なんだかゾッとするわ。怖いわよねぇ」

「わたくしは才里の耳ざとさのほうが、ずっとこわいのですけれども」

「もう、桃花はすぐにそういうことを言う。言っとくけどあたしだけじゃないのよ、みんなこのうわさで持ちきりなんだから。出火もとの獄舎で司馬雨春が焼死、延焼先の暴室《ぼうしつ》では、呂美人《りょびじん》とその女官たちが焼死！——ね？　死王の復讐《ふくしゅう》っぽいじゃない」

「女官は事件とは関係ないではありませんか……」

「わかってるわよ。呂美人の連座となっただけでしょ。でもまぁ、なかにはもろもろ知ってた子もいたと思うわ。呂美人が実家から連れてきた侍女たちなんてほら、司馬さんと顔見知りだったわけでしょ」

たしかにそうかもしれない。

だが、知っていたか否かに関係なく、すべての女官が宮刑をうけた。男の場合はこれを腐刑ともいい、性を切り取る処置がされるが、女の場合はすこし異なる。使用されるのは木づちだ。腹部をひたすらに打ち、子宮をさがらせて女門をふさぐという。

想像するだけで怖気《おぞけ》が立った。

「……不憫《ふびん》です。酷刑のうえに火災に遭うだなんて」

「そうね。あら桃花、緯糸《よこいと》が空になるわよ」

才里の指摘で手をとめたところで、席を外していた紅子《こうし》がもどってきた。才里や桃花よりもやや年上で、三白眼が特徴の気《き》っ風《ぷ》のいい女官である。

彼女が抱えているのは染められた糸の束だ。これをかせにかけ、円錐《えんすい》形の糸巻きに巻く。それから糸車を使い、糸巻きから細い管に糸を巻き取り、緯糸を織るための杼《ひ》に設置する。工程の多い仕事だ。日によってはこの織房だけでなく、蚕房や染房の作業に配されることもあった。

紅子は糸束を天井の棹《さお》にかけたかと思うと、「あんたたちきいたかい？」とさきほどの才里とおなじように声をひそめた。

「じきに、あたらしい側室が入ってくるってさ！」

そう！　と才里が目を輝かせる。

「さっきそれっぽいこと言ってる宦官《かんがん》がいたんだけど、ほんとうなのかしら」

「梅婕妤《しょうよ》がめちゃめちゃに荒れてて、さっき几巾《つくえかけ》を納めに行った宦官が難癖つけられて笞《むち》打ちだってさ。こりゃほんとだね」

「あらま、それは不運だわ」

「……でも、側室が入ってくるというだけで、あの婕妤さまがそこまで荒れるでしょうか」

桃花が首をかしげたところへ、織室で働く宦官のひとりがやってきた。

おしゃべりを咎《とが》めることなく、桃花が手こずっていた作業を代わってくれる。

「ありがとうございます、小海《しょうかい》さま」

小海は柔和な——言い方を変えれば気弱そうな顔と雰囲気をもった宦官だった。二十代後半という若さだが、織室の丞《じょう》（副長官）を拝命している。

「うん。がんばってね。ところでさっきの話だけど、梅婕妤が荒れてるのはたしかだよ。若い側室の件もあるけど、娘娘《ニャンニャン》の件もあるからね」

才里が機の音を小さくし、糸車をまわそうとしていた紅子も手を止めた。

「中宮の一部が燃えてしまったから、清掃と修繕のあいだ、娘娘は燕寝《えんしん》に住まいをうつされるそうだよ」

「燕寝！」

才里が声にならない悲鳴をあげた。

「陛下がお休みになる宮で、皇后さまが寝泊まりを⁉　ちょっとちょっと桃花、すごくない⁉」

「そうでしょうか……。皇后さまを格の劣る後宮にうつすより、よほど筋の通った話だと思うのですけれども」

「んもう、なにいってんのよ！　燕寝だなんて、そんなの婕妤さまが反対したに決まってるじゃない。それが実行にうつされたってことはすごいことなのよ！」

紅子も腕を組んで考えこむようにうなっている。

「これは、勢力図が動くってことかねぇ」

「どうでしょう。あらたな側室を迎えるにあたって、形だけでも序列を整えたようにも見受けられますけれども……」

「あーそれあるわね。でも、これをきっかけにして皇后さまとの仲が改善されれば、どうなるかわからないわよ。これは大注目ね！」

まぁどうでもいいなと思っていると、才里にこづかれた。

「こら、目が閉じてる。あのね、これはあたしたちにとって大事なことよ？　婕妤さまが失脚すれば、早めに蒼《そう》皇子が王に冊封されるでしょ。そうしたら母である婕妤さまは太妃として後宮を出されるわ。あたしたちだって織室から堂々と出ていけるじゃない」

才里と桃花は、梅婕妤に棄てられた女官だ。

織室は労働のための部署なので、皇后が慰労におとずれることはあっても、帝《みかど》が足を運ぶことはない。それゆえここで労働者として働くことは許されるが、梅婕妤が後宮の頂点に君臨するあいだ、配置換えは許されない。

「でもたとえ婕妤さまがいなくなったとしても、自由に出ていけるわけではありませんわ。どちらかの妃嬪《ひひん》さまに、ここから引きぬいていただかないと」

「あら、もうすぐあたらしい側室が入ってくるんでしょ？　人手が足りないときは織室から何人か選んでいくのが慣例じゃない。あたしがんばるわ。――こら、だから桃花、目が閉じてる、手が止まってる！　あと口ももうすこし動かしなさいよ」

「いやいや、一応しゃべらないで仕事したほうがいいかな」

すでに忘れられたようになっていた小海が、やんわりと注意する。

「僕としては成果物さえきちんとあがってくれれば自由だと思ってるけど、織室令は怒るからね」

「はーい！」

小海がよし、とうなずいたところで、遠くから彼を呼ぶ声があった。

年のころは小海とおなじくらい。どこか翳《かげ》のある顔立ちをした宦官だった。織室の下級宦官は染めの作業にも従事するので、袍《ほう》がみな黒ずんでまだらに汚れている。それがいっそう光を拒む印象をあたえる人物だった。

すかさず才里が桃花をひじでつつく。

「ほら、懿炎《いえん》さんよ！」

「ほらと言われても困るのですけれども」

「もー、織室にきたばっかりのころ、あんなに彼の話で盛りあがったじゃないの」

盛りあがったのはおそらく、才里と紅子のふたりだろう。

「あれよ、二人組の仲よし宦官。あまりにいつも一緒にいるから、宦官同士で相愛の仲じゃないかって言われてる」

「はあ、懿炎さまと小海さまがですか」

ちがうわよ、とは言われなかったが、才里の表情を見ると、どうやらべつな人物との話らしい。

長い距離を走ってきたのか、懿炎は乱れた息をととのえながら尋ねた。

「小海、大海《たいかい》を知らないか？」

「なに？　兄さんがどうかしたの？」

「行方不明らしいぞ。所属先がずっとさがしてる」

小海は、「え？」と困惑をにじませた。

＊＊＊

火災から一夜明けた、その午《ひる》。

あわただしく内廷へともどってきた延明は、燕寝にいる皇后へのあいさつを急ぎ済ませ、掖廷《えきてい》へと駆けつけた。

その惨状に、言葉を失う。

掖廷の本署自体は多少火の粉をかぶったものの、使用に耐えうる状態だった。

しかし、ひどいのは獄舎周辺だ。獄舎はもちろん、官舎も慰安舎も、すべて燃え落ちて炭と化している。そこかしこから細く太く煙がたなびき、ときおり赤い炎が立ちのぼっては員吏たちが右往左往していた。

院子《にわ》のすみに並べられているのは、獄舎から運び出された囚人の遺体だ。それぞれ筵《むしろ》がかけられているが、はみ出した手足が苦しみを訴えているように思えた。

あの司馬雨春も呂美人も、このなかに含まれているのだという。

「孫掖廷令」

呼びかけられて、気を引き締める。

延明の掖廷令着任は急きょ早まった。失火の責任を取らされ、前掖廷令・甘甘《かんかん》が獄送りとなったからだ。

「ちょうどよい。これを若盧獄《じゃくろごく》の責任者に届けなさい」

知った顔の者に、書簡と大きな包みを託す。若盧獄も内廷にある獄のひとつで、甘甘はそこに収監されている。よもや拷問や杖《じょう》打ちなどしないよう、獄吏を買収しておかねばならない。

「では、皆ききなさい」

甘甘を慕っていた官は、目をうるませて走っていった。

あつまってきた掖廷官たちをぐるりと見渡す。

多くの者が服を焦がし、やけどを負っていた。無傷なのは、応援として派遣されてきた下級宦官ばかりだ。

「このようなときですので、あいさつは不要です。甘甘殿からも命じられているかとは思いますが、全力で失火の原因調査にあたりなさい。また、囚人に多数の死者が出ていますが、身元確認には十分時間をかけ、慎重に行うように。不手際はまかりなりません。よいですね」

「は！」

「後宮の事務にあたる者は落ちついて通常どおり仕事を。非常時であるからこそ、通常業務を怠ってはなりません。さあ、それぞれ持ち場へ」

声をかけ、延明自身も執務席へ向かう。本署のなかも、濃厚な煙臭に満ちていた。甘甘は、収監されるまで必死に任務をこなしてくれたのだろう。几《つくえ》のまわりに飛び散った墨や朱肉が、それを物語っている。多岐にわたる事務処理だけでなく現場でも指揮にあたったのか、席の敷物には煤《すす》がこびりついていた。

「まず掃除を」

小間使いの童子に命じる。その間にもつぎつぎに文書が運ばれてきていた。文房の具をひろげて書き物ができないほど、すでに山積みになっている。

「だれか、これらの仕分けを。ただ積みあげるのは無能のすることですよ」

いままさに文書をひとつ載せようとしていた官が、ぎくりとその動きを止めた。延明がにっこりと微笑んで見せると、観念したように仕分けにとりかかる。

ではどこか空いた几を借りようか、と見渡したところで、中年の宦官《かんがん》が延明のもとへとやってきた。掖廷の丞、つまり副官とのことだ。

「延焼先のご報告をもうしあげます。中宮で燃えておりました涼楼《りょうろう》は完全鎮火、後宮の玉堂ですが、こちらは周辺の植栽が鎮火、玉堂本体の方はいまだ火がくすぶっている状態となっております」

「わかりました。風はおさまっていますが、玉堂からほかへと延焼することがないよう、万全を期してください」

小火《ぼや》や、皇后の住まいである中宮などは話がべつだが、火災時に行われるのは風下の可燃物を撤去する作業のみである。水をかけて積極的に消火活動を行うことは通常しない。

玉堂もこのまま鎮火を待つこととなるわけだが、これは現在無人の建物である。死者や負傷者がとりのこされている心配をせずにすむのは幸いだった。

副官は報告を終えたのち、いくつかの冊書《さっしょ》をのせた盆を掲げ、延明に差しだした。

「それと掖廷令、こちらを甘甘さまより預かっております」

手にとって見れば、かけられた楬《ふだ》には『首吊り偽装殺人』とあり『完』の印が押されている。

「けさ早く、後宮八区で起きた事件です」

「けさの事件がもう『完』ですか」

言うと、副官は楬を裏返した。『未完』と朱が入れられている。見覚えのある、甘甘の字だった。

「『完』を押したのは甘甘さまではなく、宦者署《かんじゃ》の者です」

「では、宦官が起こした事件ということですね」

掖廷が管理しているのは後宮の妃嬪《ひひん》や女官たちだ。位のない婢女《はしため》なども含まれるが、そこに宦官は入らない。

「はい。後宮での事件でしたのでわれわれで調査をし、容疑者が見つかりましたので宦者署に引き継ぎをしましたところ、なにも調べずにこのように。容疑者は若盧獄へ投獄されましたが、やっていないと主張しています」

「なるほど」

捜査や取り調べには時間も手間もかかるので、事件はすべて解決として、容疑者には即拷問をくわえて罪を認めさせる手法だ。

よくあることだが、甘甘は自身もおなじような目に遭ったばかりなので捨てておけなかったのだろう。書きなぐられた『未完』の字にその思いが表われていた。

「わかりました。この件は私が引き受けましょう。代わりに几仕事をお願いします」

「畏《かしこ》まりました。掖廷令」

副官は深く深く揖礼《ゆうれい》をささげた。

「また、甘甘さまの件に感謝を申しあげます。獄吏の買収以前に、すでに失火の贖罪《しょくざい》に必要な絹を納めてくださっていたとききました」

「おまえが知らなくてもよいことです。ほかの者にも口外は無用ですよ」

甘甘には返しきれない恩がある。それだけのことだ。

延明は席を立ち、掖廷署の中堂《ひろま》を出ると、外のまぶしさに目をすがめた。

夏至まで、あと半月。本来であればその祭祀《さいし》を終えてからの着任となるはずであったが、すっかり早まってしまった。

——もっと薄い衣でないと、このさきやっていられぬな。

京師《みやこ》の夏は暑い。からりとしているので日陰にいればしのげなくはないが、汗を垂らしながら仕事をするのは柄ではない。が、急ごしらえの荷のなかに、盛夏用の襌衣《たんい》が入っているかどうかは怪しかった。

東宮に置いてきた荷がはやく届くのを願いながら、院子を横ぎる。植えられていた木々は火災によって燃えたというのに、どこか近くで蟬が鳴いていた。

——燃えたのは、梅の木か。

よぎる際、黒く焼け落ちた枝に視線が留まった。思わず立ち止まり、そして足を止めた自分の行動に戸惑った。

燃えてしまった木など、どうでもよいはずだった。なのにふしぎと、それが紅梅であったのか、あるいは白梅であったのかが気になった。

おそらく、白梅であったのなら惜しいと思っているのだ。

ことしの花見は紅梅ばかりをながめていた。正直なところ、白梅など紅梅の引き立て役だとすら思っていた。しかしあの老猫のようなぐうたら女官に諭されて、白梅のよさに気がついたのだ。来年の春こそは白梅のもとで酒を飲もうと、そう考えていたからかもしれない。

「焼けたのは白梅だったそうです。もったいないですね」

延明の心を見透かしたように言ったのは、幹の陰から現われた人物だった。陽を背にしての逆光で、目がくらむ。小柄な人影にどきりとした。

──桃花さん……？

刹那《せつな》にその名が脳裏に浮かんだのは、彼女のことをちょうど考えていたからかもしれない。背かっこうもよく似ていた。

だが、つまらぬ見まちがいをしたのはほんの一瞬のこと。すぐに、延明へと礼をとったのは見知らぬ少年宦官だとわかる。

「失礼しました。華允《かいん》が、掖廷令《えきていれい》にごあいさつ申しあげます」

年のころは十代半ば。老猫とはほど遠く、むしろ野犬の仔《こ》のような、どこか警戒感にも似た生意気さが顔にのこった少年だった。

「華允、師父はだれです。掖廷官ですか？」

何用か、と問うよりもそちらが気になった。

彼の袍《ほう》はそこかしこがやぶれ、なかに着ている内衣がよくよく見えるありさまだった。頭など、巾《きん》すらかぶっていない。

上司であり教育係りでもある師父が掖廷官ならば、延明のほうから注意くらいはしてもよい。そう思ったのだが、華允は問いに「いいえ」と答えてくちびるを噛《か》んだ。

「火災のとき、応援に行くよう指示を受けてこちらにきました。延焼しそうな可燃物の撤去が終わったので帰ったのですが、もうもどってこなくていいと」

なるほど、と嘆息する。野犬というより、これは捨て犬というわけだ。

見れば、華允の両手は爪が数枚ずつ欠けていた。痛々しい状態が、生爪をはがされたことを物語っている。やぶれた内衣から見える肌にも痣《あざ》が確認できた。栄養状態も悪そうだ。

――師父から虐待をうけていたか。

珍しいことではない。小宦官は、入宮と同時に師父と呼ばれる教育係りの世話になる。世話になるというか、師父の身の回りの世話をしながら、あらゆる指導を受けるのだ。

その指導方法は多くの場合が罵倒《ばとう》であり、暴力である。師父にとっては、奴隷として宮中で暮らす苦行を晴らすための格好の標的なのだ。

華允の師父もそうして虐待を加えたうえ、不要になって捨てたのだろう。

こうなるとあとはもう、食料にありつくこともできず、飢えて動けなくなったあたりで宮門を放逐されるしかない。待ち受けるのは野垂れ死にという結末のみだ。

「おれを……いえわたしをおそばに置いてください。どんな奉仕も厭《いと》いません」

華允はそう膝《ひざ》をついて願ったが、延明は吐き気がした。

この言葉で、師父がどういう虐待を加えてきたか知れるというものだ。

「私には、すでに面倒を見ている童子がひとりいます。小間使いは何人もいりませんよ」

背後に離れて控えていた童子を視線でしめして言う。

華允は食い下がった。

「ならば読み書きができます。掖廷令のかわりに筆を執ることができます」

華允は焼けた枝をひろうと、延明の行く手を阻むようにして地面に文字を書きつけた。

——吾少也賤　故多能鄙事。

少《わか》いときに賤《いや》しかったので、どのような鄙事《ざつえき》もこなすことができる。孔子《こうし》の論からぬいた一文だ。

延明はかすかに笑った。

「少いときに、とは。おまえはまだ子どもですよ」

「十六です。それに労働では孫延明さまよりもずっと先輩です」

今度は軽く眉《まゆ》をあげる番だった。

延明が腐刑となったのは五年前であり、それまでは名家の嫡男だった。たしかに、幼いころに宮仕えとなったような小宦官《かんがん》よりもよほど労働を知らない。

だがそれを面と向かって言うとは。正論だが、怒りをかうおそれもある言葉だ。

――まさに野良《のら》の仔だな。

なんとかひろってもらおうと爪を立てている。そのさまに、延明は怒りよりも感心をした。なめ、すり寄られるよりもむしろ好感だ。阿諛《あゆ》追従ばかりが宦官の生き方ではない。

華允は「働かせてください」と重ねて願った。

「掖廷令のお仕事はとても忙しいときききます。下働きはいくらいても足りるという事はないはずです。なんでもやります。がんばります」

さてどうしたものか、とそれを見おろす。

ここで延明がひろわねば、華允は十日もたたずに死体になっているだろう。春の事件で連続して変死体を眺めたせいか、この少年が息絶えた様子はかなり現実味を持った姿で想像できた。

――さすがに、夢見が悪いか。

掖廷でいえば、多くの官吏の財産も燃えた。いま小者ひとり新たにめんどうを見ようと思う者もそういない状況だろう。

「…………着がえを貸してやりなさい」

逡巡《しゅんじゅん》したあと、ため息とともに童子に命じる。

よい字であったし、孔子を知る程度には学もあるようだ。ひろっておいても損はなかろうと判断した。さすがに裏向きの仕事には触れさせることはできないが、掖廷令の仕事における雑務を負わせるぶんには問題ない。

華允が目をみはり、信じられないとでも言いたげに延明を見つめた。

「なにを驚いているのです。自分で願ったのでしょう。さっさと着がえてきなさい」

でなければ放逐すると言うと、童子とともに急いで仮官舎のほうへと駆けていった。

微妙な後悔があったものの、しかたがない。あのような子どもだ。親によって幼少期に売られてきたのだろう。親に売られ、師父に虐待され捨てられ、結末が野垂れ死にではあまりにも憐《あわ》れだ。

延明は彼らを待つあいだ、託された事件の報告書に目を通す。

くり返し読んで頭に入れたころ、ふたりは走ってもどってきた。まだ八歳である童子の衣は華允にとってずいぶんと小さかったが、さきほどの襤褸《ぼろ》よりはましだろう。

華允は生意気そうな顔立ちながら、目をわずかにうるませていた。

「あの、師父」

「師父でも老爺《ごしゅじん》でもありません。延明さまと呼びなさい。おまえにはこれを預けます」

筆と墨壺《すみつぼ》を華允にさしだす。その際、華允は急にのばされた腕におびえたように、びくりと肩をゆらした。

「あ……す、すみません」

「打擲《ちょうちゃく》などせぬから、安心なさい。ただ愚鈍と判断すれば肥溜《こえだ》め掃除に異動させますから、心するように。それまでは筆記係りとして使ってやります」

「おれが、掖廷令の筆記係り……あ、ちがった、わたしが」

「無理せずとも、おれでよいですよ。ただし浮かれ気分にはならぬことです。むろん雑用係りも兼ねていますから、それを忘れぬように。さあ、これから若盧獄へ向かいます」

「はい！　獄ということは囚人にご用ですか？」

延明が歩くと、せかせかと華允がついてくる。栄養状態が悪いのに倒れてしまうだろうかと、やや歩みを遅くした。

「収監された宦官が冤罪《えんざい》を訴えているそうです」

「じゃあ、その再捜査ということですね」

「そんな大仰なものではありません。ただ、話をきくくらいはしてやろうと思っています」

延明とて、冤罪を訴えればだれもが無実だとは思っていない。

だが恩人である甘甘がこの件をやりのこしたと感じ、延明に託したのだから、正当な取り調べくらいはしたい。すべてはそれからの判断だ。

「あの、ところで失礼ですけど、こういったことは掖廷令がみずからおこなわれる仕事なのですか？」

「宦者署が怠惰なのですから、しかたがありません」

怪訝《けげん》な顔だ。それもそうだろう。掖廷の仕事ではないし、ましてや令が足を運ぶような案件でもない。

「どんな事件なんですか？」

「首吊り自殺に偽装した殺人事件ですよ」

端的に答えると、「詳細はどのような？」と問われる。質問の多い少年だ。ひろった仔犬《こいぬ》がキャンキャンと足もとにまとわりついているような心地がする。

「……事件が判明したのは、まだ火災の件でおおわらわだった早朝のことです」

微笑みで「黙れ」と圧を送るという選択もあったが、延明はしぶしぶながら結局説明してやることにした。

話すことで、自分のなかでも事件について整理できる利点もあるだろう。……なにより、さきほどのようにおびえられては、かなわない。

「被害者となったのは後宮八区の金剛《こんごう》という宦官で、塵《ごみ》を廃棄するための土坑近くの木で首をくくって死んでいるのが発見されました。発見したのは、おなじ八区で働く宦官です」

発見者が仲間を呼び、数人がかりで縄から降ろした。

この金剛には重度の賭博《とばく》癖があり、借金でいよいよ首が回らなくなっていたことから、それを苦にしての自害と思ったという。

ところが、死体の回収のために掖廷《えきてい》官がかけつけたところで、事態が変わった。

死体の首に、不審な傷を発見したのだ。

「遺体の首には、指の爪ではげしく搔《か》いた痕《あと》がありました。みずからの指で搔いた、縦走の傷です。検屍《けんし》官によると、これは首を絞められた際にのがれようと、もがいてできる傷——すなわち他殺の証しであるとのこと」

延明は、首にかけられた縄をはずそうと搔きむしるしぐさをしてみせる。

華允は目を丸くしてそれを見ていた。

「以上から、首吊《くび》りに偽装された他殺であると判明。一番はじめの発見者であり、金剛に多額の金を貸していた如来《にょらい》という同僚が、もっとも有力な容疑者として浮上したというわけです」

如来の名をきくと、華允はおどろいた顔を見せた。

「如来、知ってます。体が巌《いわお》のように大きくて強面《こわもて》、おまけに暴力もふるうとか。高利貸しのようなこともやっていて、かなりの利益をむさぼってるらしくて評判は最低です」

「そのようですね。しかも被害者・金剛の借金の原因となった賭《か》けごとも結局、もと締めはこの如来だったようです」

如来は貸した金を返さない金剛に対して、恫喝《どうかつ》を行っていたと記録にある。そして、「金がないなら命で払え」と口にしているのを、多くの同僚がきいていた。

「でも延明さま。如来は金を返してほしかったのですよね。殺してしまったら、金は回収できないんじゃないですか？」

「そうでもありません。金剛の死後、彼の唯一の持ち物であった『宝《パオ》』のゆくえがわからなくなっています」

腐刑を受けた際に切りとられた『宝』は、宦官が来世で人間として生まれ変わるために絶対必要なものだ。だからこそ、盗難と高額転売はやむことがない。

「ということは、どう脅しても金が回収できないから腹いせに殺し、『宝』をうばって売りとばしたってことですか。それとも逆か。『宝』をうばうために殺した？　容疑者というか、これはもう犯人にまちがいないのでは？」

それでも話をききに行くのですか、と華允が問う。無駄足だと思っているのだろう。けれど、延明は歩みをとめることをしない。

「如来はあくまでも有力な容疑者ですが、犯人だと確定したわけではありません。それを即収監して即拷問というやりかたが、私は看過できません」

現在、如来はきびしい拷問を受けながらも、潔白を訴えているという。

これがもし、万が一にも真実の叫びであったなら――宦者署は、それを考えないのだろうかと歯がゆく思う。

真犯人は罪を犯しながらも、のうのうと暮らしつづけるということだ。いっさいの罰を受けることもなく、これからさきもずっと。

そして、冤罪に落とされた者が受けた苦痛は、のちに解放されたとしても消えることはなく、ましてや刑によって切り落とされた肉体は、一生を通してもつながることはない。

「華允、私のもとで働くのならば覚えておきなさい。犯人か否かにかかわらず、すべての容疑者は正しい取り調べを受けるべきだと、そう孫延明は考えているのだと」

冤罪という過ちは、取り返しがつかない。

それを延明は身をもって知っている。


禁中に寺（官署）がある若盧寺は、兵器の蔵所だ。

その管轄下に若盧獄はあり、さらにその付属施設として蚕室《さんしつ》があった。蚕室といっても蚕を育てる施設ではなく、腐刑をほどこすための処刑室である。

延明は腐刑を受けたときの記憶を掘り起こさないよう、蚕室を視界からはずしながら獄へと向かう。華允はここで施術をうけたわけではないので平気なのか、物珍しげにあたりを見回していた。

延明たちの訪問に、獄吏らは渋い顔を見せた。それを皇后や太子からあたえられている特権をちらつかせて黙らせ、通過する。

悪臭ただよう獄のなか、ずらりと並んだ牢《ろう》の中ほどに目的の人物はいた。

大きな体を丸め、顔を膝《ひざ》に伏すようにしてうずくまっている。

「あなたが如来ですね」

「俺は……やっていません」

如来はおびえたように顔をあげた。すでにくり返された拷問で身体は傷だらけで、衣は数か所がやぶれていた。

「その訴えをききにやってきました。私が新たな掖廷令です」

「俺は！　やっていないんです！」

如来は飛びあがるようにして鉄格子にすがりつく。腕の内側には焼きごてをあてられた生々しい痕《あと》があった。

「俺はやっていない！　やっていないんだ！　どうか、どうか信じてください！」

「それを信じるために、まず正直に答えてください。あなたは金剛に金を貸していましたね？　その借金の原因となった賭博も、もと締めはあなただった」

「……そ、そうです」

　如来はなにか言いたげにしたが、力なくうつむいた。この金の貸し借りが殺害の動機とされていることを、よく理解しているのだろう。

「ではたずねますが、そうやって稼いだ金はどうしましたか？」

　怪訝そうに、如来は延明を見つめた。

「こちらの記録には、没収されたあなたの財産の記録もあります。しかし、高利貸しをし、荒稼ぎをしていたにしては少ない」

「…………」

「隠すのは賢くありません。このままではあなたは拷問の末に自分がやったと自供をし、梟首《さらしくび》です。蓄財をしても、冥府《めいふ》の閻王《ジュンワン》に貢ぐことすらできませんよ」

　如来はそれでもしばらく黙ったままだった。金への執着がそうさせるのだろう。

　宦官《かんがん》は業突く張り――そう世で言われているが、誤りではない。多くの宦官は帰るべき家も守るべき家族もなく、生涯が孤独だ。寄る辺は自己愛と金、そして権力くらいしかないのだ。その執着には、はげしいものがある。

　じっと待っていると如来は葛藤《かっとう》する様子を見せ、ようやく重い口を開いた。

「……盗まれるので、見つからぬところに隠してあります」

「調べますから、場所を。自慢ですが私は金に困っていませんから、盗む心配は無用です」

「俺はやっていない、やっていないんです！　でも、金の場所がっ！」

叫んで顔を覆い、そのまま嗚咽《おえつ》するようにしてずるずると座りこむ。熊のような体が小さく見えた。

「信じてください……金は、金剛が……金剛が吊《つ》るされていた木の下に……壺《つぼ》ごと埋めてあります……。でも、やっていないんだ……」

「なんと」

「あ、怪しい……怪しいですよね……でも、ちがうんです」

大男が、牢《ろう》のなかでぼろぼろと涙を流す。

「金剛があなたの財産のうえに吊られていたことに、心あたりは？」

「ありません。あるわけがない！　俺には、偶然だとしか……！」

「興奮せずに。落ちつきなさい。では次に、遺体発見の前日の夜から、あなたの足どりについて詳しく思い出してください。勤めが終わったあとからでよいです」

「掖廷《えきてい》での聴取とおなじことしか言えないんですが……」

その前置きどおり、こちらは新しい情報はなにも出てこなかった。

つまり、仕事を終えて賭博《とばく》のために数名であつまったところで火災を知らせる鐘が鳴り、情報収集に右往左往した。出火もとが掖廷と判明したあとも、万が一の延焼にそなえて妃嬪《ひひん》らの荷物をまとめるなどして、あわただしく働いたといったことだ。

「とても時刻を知る余裕はなかった。だれと一緒にいてだれがいなかったのかもわからない。ほんとうに、覚えていないんです」

「騒動の最中、金剛を見た記憶はありませんか？」

「賭博のためにあつまったときにはいなかったはずです。それ以降はわからない。あとは、まんじりともせずに朝を迎えて、塵《ごみ》を捨てに行ったさきで――」

如来はそこでいったん言葉を切った。

「……はじめは、金剛だとはわからなかったんです。だって、顔が……。ただ、これは大変だってことですぐに周囲に知らせたんです。かけつけた仲間と協力しておろしたときには、もうすっかり冷たくて、硬くて……金剛だってわかったときにはもう、蘇生《そせい》できる状態じゃなかった……」

当時のことを鮮明に思い出したのか、嘔吐《おうと》をこらえるようなしぐさをする。

「では最後に。金剛の『宝』がゆくえ知れずとなっています。心あたりは？」

ない、と力なく首をふる。

「それも俺じゃない。掖廷令、信じてください。俺は殺してなんかいない。たしかに、いつだったかは思い出せませんが、借金を命で返せというようなことは言ったかもしれない……いや、言いました。でも、ほんとうに死んでほしかったわけじゃないんだ……。あんな、あぁ、あんなむごい……」

如来はただ、後悔を浮かべながらすすり泣いた。

「どうでしたか、延明さま」

若盧獄を出るなり、華允がきいた。

「どうとは」

「如来の話をきいて、どう思われたのかと」

延明はややあきれて華允を見た。ほんとうに、よくしゃべる筆記係りだ。影のように静かに控えている童子とはずいぶんと異なる。

おそらく、華允も捨てられまいと必死なのだろう。いつでも替えのきく筆記兼雑用係りではなく、延明の仕事の補佐的立場になんとかおさまろうと懸命なのだ。

「そうですね。事件について再度調べる必要があると感じました。あれほど財産に執着する人物が、その真上に殺した相手の遺体を吊るすとは思えません」

「でも、あえてふつうではないことをして、嫌疑から逃れようとしたとも考えられないですか？」

お、と思う。延明はいったん足を止めた。華允は怒られると思ったのか、表情を硬くして延明を凝視した。

「安心なさい、叱ろうと思ったわけではありません。いまのような考え方は悪くないと言いたかったのです」

「……え、と。ほめてくださるのですか……？」

ゆるゆると、華允から緊張のこわばりがぬける。

「ほめるというほどではありませんが、悪くないでしょう。――ただ、如来にそのような策があったのならば、とうに訴えをしていたと思われます。あれほど肉体を痛めつけられてまで、もったいぶる必要がない」

つまり、如来の冤罪《えんざい》であるという主張には、無視できないものがある。

延明はそのように判断した。


それから延明たちは必要な道具を準備して、八区の土坑へと向かった。

「――ここですね」

土坑の脇には大きな常緑の山茘枝《ヤマボウシ》があり、そこが遺体発見現場だった。横に伸びた枝の中ほどに、赤い布が巻かれている。あれが使用された枝だ。木も憐《あわ》れで、使われた枝の根もとには小さな亀裂が走っていた。

縄には、土坑への処分品であった古い衣を縒《よ》り、つなぎあわせたものが使われていたらしい。縄から犯人を特定することは不可能だった。

「ではまず、縄尺でそのしるしから地面までの高さを測ってください」

言うと、華允は縄尺を器用になげて枝にかけ、目盛りをかぞえる。

「ちょうど一丈（約二三〇センチ）。資料と相違ないです。延明さま、この壊れかけの木箱はなんですか」

「それは自害の際に使った足場として、犯人が偽装のために置いたと思われます」

「金剛は身長が七尺（約一六二センチ）だから、高さとしてもじゅうぶんですね。なにか、縄があり得ない結びかたをされてるとか、偽装でそういった失敗はなかったのですか？」

「ありません。首の掻《か》き傷《きず》さえなければ、自害とみせかけるのに完璧《かんぺき》だったでしょう」

甘甘からの書簡によると、通常、絞殺したものを吊《つ》って自害へと偽装をしても、首にのこった縄の痕《あと》ですぐに露見するという。

自分で首を吊ったものは、痕が両耳のうしろあたりで八の字を描くのに対して、絞殺の場合は横方向に首をぐるりとめぐるのだそうだ。

首を絞め殺してから吊ると、その両方がのこってしまう。

しかも、死亡時についたものは内出血を伴うので青黒色、あるいは紫色になるが、死後では心臓が止まって血流がないので、ただ白いのみだという。

ところが、金剛の遺体にのこされた縄痕《じょうこん》に、そういった異常は見られなかった。

それをざっと説明すると、華允はあれこれ考えるような表情を見せたあと、「矛盾してませんか？」と疑問を呈した。

「縄の痕に問題がないなら、犯人はどうやって殺したんです？」

「首吊りに見せかける巧妙な方法があるということです。検屍《けんし》官の説明によると、こうです」

延明は、華允を被害者に見立てて背後から近づいた。透明な縄で実演してみせる。

「相手のうしろから首に縄をかけ、すぐさま向きを変えて肩に縄を背負い、そのまま肩を支点にして、相手を背負うように吊りあげる、と。すると他殺でありながら、のこされる縄痕は八の字ひとつだけとなるそうです」

「へえ……。でも、それだとけっこう体格差が必要では？　おれが延明さまにやろうとしたら、足がついてぜんぜん持ちあがらない。金剛は七尺ありますから……あ、そうか、これも如来が有力な容疑者になった理由というわけですね」

なかなか聡《さと》いと感心する。そのとおりだった。

如来は大柄で、巌《いわお》のような体格をしている。

「殺された金剛は如来以外からも金を借りていたようですが、そちらには体格に恵まれた人物がいなかったとのことです。——では、つぎは掘ってみましょう」

そのために、華允には鋤《すき》をもたせてきた。

掘りだすのは、如来が埋めていたという隠し財産だ。

「延明さま、あの、ここなんだか臭いんですが……」

木の下を掘りながら、華允が顔をしかめる。

「でしょうね。発見のさい、遺体は大小ともに失禁していたそうです」

土のついた手で目をこすろうとしたところで、華允が固まった。

「そういう顔をされても困りますね。失禁などなくとも、土で汚れた手で目をこすってはいけませんよ。風《ふう》がついたらどうするのです」

童子に手洗いのための水を汲《く》んでくるように言い、作業を見守る。

まもなく、厳重に封をした壺《つぼ》が現われた。まだ大部分が埋まっているが、口径からして一抱えほどの大きさはありそうだった。

封を開けると、現われた銭や銀粒に華允がごくりとのどを鳴らす。

「ほんとうにありましたね。かなり貯めこんでますよ」

「では、華允は壺の中身を掖廷《えきてい》へと持ち帰り、金額を記録して保管しておくように。盗まれぬよう気をつけなさい。私はいま一度、被害者に金を貸していた宦官《かんがん》たちをあたってみます」

ああそれと、とその場を離れかけた延明は足を止め、華允に筆を執るように命じる。

「いまから言うものを書きつけに」

華允はさらさらと筆を走らせ、延明が告げたものを木簡に記入する。

「作業が終わったら、それらの品を用意しておきなさい」

命じると、華允は心底ふしぎそうに書きつけをながめた。

「サイカチ、酒粕《さけかす》と酢に火鉢に……延明さまはなにか料理をするご予定が？」

思わず、くすりと笑う。そう思われてもしかたがない。

「よいから自分の仕事をまっとうしなさい。たのみましたよ」

今度こそ踵《きびす》を返す。

延明の考えでは、如来は無実だ。

正直、断定できる証拠はないに等しいが、地中の財産のことを考えれば、やはり彼が犯人だと決めつけるには問題があると思われる。

――それに、あの牢獄《ろうごく》での訴えはあまりに真に迫っていた。

如来の血を吐くような叫びは、冤罪で受刑した延明の深い心の傷に、これ以上ないほど強く訴えかけた。

忘れようのない、あの絶望。それとおなじものを彼からは感じたのだ。

ところが、ほかに有力な容疑者を探そうにも、体格という問題が立ちはだかる。

もちろん被害者と体格差がある宦官ならば、内廷にいくらでもいるだろう。しかし、偽装までして殺すのだから計画的な殺人である。そこまでして金剛を殺そうとするのならば、かならず事前になんらかの確執があったはずだが、体格と動機という二点の条件となると、如来の他にあてはまる者がなかった。

——だが、彼女なら……。

延明は、老猫のような女官の姿を思い浮かべる。

彼女なら、べつの切り口を見つけてくれるのではないだろうかと思うのだ。

たとえばそう、体格差が必要のない殺害方法などをだ。

それさえ見つかれば、条件は怨恨《えんこん》ただひとつだ。嫌疑のかかる人物は他にも数人はおり、如来を解放させる交渉が可能になるだろう。

それらの下調べとして、延明はこれから八区の宦官らに会いにゆくのだ。

＊＊＊

「きょうは風がないから暑いねえ。朝までふいてたあの強風はなんだったんだい」

紅子が手で庇《ひさし》をつくりながら、うんざりと言った。その顔には汗がにじみ、すっかりと赤い。

「ああ、李美人《りびじん》さまのとこで働いてたときはやっぱりよかったよ。暑い日には冷たくて甘い粥《かゆ》を用意してくれたこともあったしさ」

「甘いものもうれしいけど、あたしは傘が欲しいわ。肌が黒くなっちゃう」

才里は嘆きながら、手にしたざるに桑の葉をつぎつぎと摘んでいく。

三人は、蚕のためにせっせと畑で桑摘みをしていた。あいにく朝夕ならともかく、この時間帯は真うえからさんさんと日が照って頭を焼きつけている。

ざるがいっぱいになったら、つぎは一枚一枚を巾《きん》で拭《ふ》き取る作業だ。

この時期は蚕も大量の葉を食べるので膨大な量になるが、けっしてこれをおろそかにはできない。葉には蚕をむしばむ寄生虫が卵を産みつけているので、これを怠ると蚕が死に、女官はとうぜん処罰を受けることになる。桃花も才里も、笞打《むちう》ちはもうこりごりだった。

「桃花、あんたもせっかく肌がきれいなのに焼けちゃうわね」

「日向《ひなた》で寝るのは気持ちがよいのですわ」

「だからそれじゃまっ黒になっちゃうでしょって」

「それのなにが困るのでしょう……」

あくびをしながら答えると、紅子が「たしかに！」と笑った。

「どうせこんなところで働いてるようじゃ、死ぬまでただの労働者さ。今上さまの衣の裾《すそ》すら拝む日はこないからねえ。日に焼けてようが、生きてるだけ感謝さね」

「言っとくけど、あたしはそうは思わないわ。後宮入りした以上、やっぱり寵愛《ちょうあい》を得るのが目標じゃないの。それなりの妃嬪《ひひん》のきちんとした侍女になって、主上が妃嬪のもとにいらしたついでに見初めてもらうのよ。それで男児を産んで、あたしみたいな庶子でも国母になったりしちゃうわけ。国中の女性の頂点だわ」

「おいおい、強い後ろ盾もなく男児を産んだりしたら、それこそ悲劇だよ」

「そうですね。殺されますよ、才里」

「わかってるわよ。でもなにが起きるかわからないのが後宮じゃない?」

葉を拭き終え、それを食べやすく刻み、きれいな蚕棚に広げ、蚕を汚れた棚から慎重に移動させる。じっと動かない蚕は眠りといい、脱皮直前なのであつかいには注意が必要だ。そっとあたらしい葉のうえに移しながら、紅子は桃花に向かってにやりと笑った。

「後ろ盾って言やぁさ、桃花のいいひとはどうなったんだい?」

桃花はむぎゅっと顔をしかめた。

「いいひとなんていませんわ」

「ほら、あの竜眼《リュウガン》を差し入れてくれたってひとさ。あんたとは恋文をやりとりする仲だって、才里が言ってたよ」

「才里……」

うらみをこめて友人を見たが、才里はとても楽しそうに目を輝かせた。

「そう！　どうなったの？　さいきん文のやりとりはしてる？」

「〝とり〟はしても〝やり〟はしていないので、やりとりではありません。そもそも恋文ではないと、なんど言ったらわかってくれるのですか……」

「片恋か」

「がんばってるのに、相手はつらいわね」

そうではない。断固として言いきりたいが、たぶん無駄だ。

あきらめてつぎの仕事に向かう。この時期は、蚕がつぎつぎに繭をつくるので忙しい。繭を煮るのに使う薪《まき》を運び、それから染房で絹糸を受けとって、織房へと機織りに向かわなくてはならない。

桃花たちは端数の三人組のせいか、あちらこちらへと応援にまわされていた。

「桃花、そんなにいやがるほど器量が悪い相手なのかい？」

「……器量は、たぶん悪くないです」

「じゃあ性格が悪いのかい？」

「そっちはちょっと悪いです」

「だったらいいじゃないか」

紅子が眉をあげる。「言ってやって！」と才里はなぜかあおっていた。

「暴室にいたあんたたちをこっちに引きあげて、養生させてくれたのもそのひとの手配なんだろう？　それだけの財産と力があって、器量がよくて、ちょいと性格が悪い。最高じゃないか！」

「紅子さんにとっては最高でも、わたくしにとってはそうではないのですわ。それにそういう関係ではないのですと、もうなんども……」

「わかってないねえ」

「わかってないわ」

紅子と才里が声をあわせてため息をつく。

「いいかい、ここ織室女官はね、世話をしてくれる妃嬪がいないから無位の宮女とほとんど変わらないのさ。食料だって俸禄《ほうろく》だって、長官とお局《つぼね》女官がピンハネしほうだいなんだよ。かんたんに食いっぱぐれちまうご身分なのさ」

「そうよ。いまのところ無事に食料にありつけてるのは、あんたの後ろ盾をみんなが警戒してるからなの！　好みじゃないとか言ってる場合じゃないのよ。ちゃんと繋《つな》ぎとめて転がしておかないと！」

「食事がでなくなるのは困りますけれども……」

眠けと戦いながら、ぼんやり考える。

暴室から出してもらうとき、織室のほかに中宮行きという選択肢もあるにはあった。提示されたわけではなかったが、言えばきっと叶《かな》えられたはずだ。

だがそちらを選ばなかったのは、勢力争いに巻きこまれたくなかったからだ。女官という身分は、女主人になにかあれば強制的に道連れとなる。呂美人の女官がすべて宮刑になったようにだ。

でも、才里はちがったのだろうか。織室はいやで、むしろ皇后に仕えたほうが幸せだったのだろうか。

「……むずかしいですわ……」

「あっ桃花、あんたまた寝てるわね！」

寝ていない。いや、寝ているかもしれない。

「お、小海だ」

紅子がそう小さく声をあげたのは、糸を受けとり織房へやってきたときだった。

「あらほんと。お兄さんをさがしに行ってたんだっけ。見つかったのかしら」

「どうだろう。一緒にいるのはだれだい？」

あれがお兄さんかしら、と才里が興味津々で言う。

見覚えのない宦官《かんがん》だった。とくに背が高いわけではないが、背筋がすっと伸びた、佇《たたず》まいのきれいな人物だ。

「けっこう素敵じゃない」

才里は楽しそうに評したが、こちらに向かってきている時点で不穏な気配しか感じない。

案の定、ふたりは桃花の目のまえで立ち止まった。小海が申しわけなさそうな顔で「姫《き》女官」と桃花を呼ぶ。

「きみが納品した物に、なにか不備があったみたいなんだ……」

はっと才里たちが息をのむ。桃花も眠気が一気に吹き飛んだ。桃花がこれまでに納めたのは、妃嬪が使う絹製の寝具だ。

緊迫する桃花たちに、小海は「あ、でもだいじょうぶ」と手をふった。

「そう心配しないで。懲罰はいらないから直しにきてほしいだけだって、こちらが——」

小海がしめしたのが、その見知らぬ宦官だった。寝具の納品先に仕えている者だろうか。

「あなたが姫桃花女官ですね。では、急いでついてきてください」

名乗りもせず、桃花を連れて行こうとする。

はたして、罰がないとはほんとうだろうか？

連れていかれたさきで折檻《せっかん》をうけ、そのままもどってこれないのではないだろうか。

そんな不安が頭をもたげる。

桃花、と才里が不安な顔で手をにぎってくれた。

「……だいじょうぶです。ちゃんと起きて、行ってきますから」

才里と紅子に笑んで見せて、小さく手をふった。

＊＊＊

「やっぱり、ちょっと悪いですわ」

まっ黒に焼け崩れた掖廷獄《えきていごく》、その院子《にわ》へと連れてこられた官奴《かんど》は、延明にだけ聞こえるような小さな声でつぶやいた。

「なんの話ですか？」

「なんでもありません」

非常に不機嫌だ。眉《まゆ》をよせ、そのまま口をつぐんでしまう。

「延明さま、呼びだし方が気に入らなかったのではありませんか？」

そう口にしたのは、織室へ使いにやった配下だった。掖廷官ではなく、皇后の指示で延明に直接仕えている宦官だ。

「どうやら本人も同僚女官も、懲罰を覚悟していた様子です」

ああなるほど、と思う。それが途中で着がえさせられ、官奴・桃李《とうり》として問答無用で連れてこられたので怒っているのか。

「桃李、そこは申しわけなかったと思っています。しかし、急ぎであなたに検屍《けんし》をお願いしたかった」

詫《わ》びて膝《ひざ》をつこうとすると、それはさえぎられる。もちろん桃花ならそうするとわかったうえでやっている。

「……延明さまは狡《ずる》いです」

桃花があきらめたように眉を開き、青空のもとに置かれた長几《ながつくえ》のうえを確認する。

サイカチ、温めた酒粕《さけかす》と酢、米ともち米を蒸したもの、家鴨《あひる》の卵、綿、ごま油、布《ふ》帛《はく》、簪《かんざし》。ほかには尺度《ものさし》や大量の水なども用意してある。

「足りますか？」

「ご遺体を見てみないことにはなんとも申せませんわ」

では、と延明は片手をあげて合図を送る。掖廷獄は焼失し、遺体を安置するための建物も焼けてしまった。が、かわりに敷地裏で簡易の棺《ひつぎ》を仮埋めする策をとっていた。

その掘りだしのための合図だ。

ちなみにだが、今後各施設が再建されても、遺体の安置方法はこのやり方にする考えだ。そのほうが、わずかでもよい状態で検屍が行えると思われる。

それからしばらくして華允を先頭に、土のついた棺が延明たちのもとへと運ばれてきた。

「では華允、あとはさがっていなさい。検屍中の記録は私がやります」

預けた筆をよこせと言うと、華允が「え？」と困惑をにじませる。もう首にされるのかと衝撃をうけた顔なので、「顔色が悪い」と言葉を足した。

「ここはよいですから、無理せずに休んでいなさい」

やわらかく笑んで言う。適当な笑みは得意技だ。

華允は感じ入った顔で筆と墨をよこす。ほんとうは華允の顔色など方便だ。ただ、桃花が行う検屍の記録だけは自分の手で行いたかった。

「でも延明さま、あの検屍官でいいのですか？　やる気がなさそうというか、かなり眠そうですが……」

下がろうとする華允の視線のさきで、桃花が大きなあくびをひとつする。表情はぼんやりしていて、たしかにやる気がないようにも見える。

「問題ありませんよ」

「せっかく再検屍をするのですから、もっときちんとした検屍官を選んだほうがいいのでは」

「……あれはああいう顔なのです」

さっさと下がれと手で払って追い出し、桃花にならぶ。

「桃李、遅くなりましたが説明をします。この棺に納められた遺体は宦官で、金剛という者です。年齢は三十九。けさ早くに八区の土坑そばで首を吊った状態で発見されました。多額の借金という自害の動機がありましたが、首にみずからつけた縦走の掻《か》き傷《きず》が見つかり、他殺と判明しています。収監された容疑者はひとり。巌《いわお》のような体格の宦官です」

事件の資料を渡すと、桃花はそのなかの死体検案書へとすばやく目を通した。

「体格差を利用した首吊り偽装、そう見られているのですね」

「ええ、しかしこの容疑者がやったとするには疑わしい点がのこります。拷問から解放してやろうにも、ほかにこの偽装に適した体格を持つ者がいません」

「つまり、べつな偽装方法で殺されたのではないか、と疑ってらっしゃる？」

延明がうなずくと、「わかりました」と桃花は答えた。

「では、ご遺体をこちらに寝かせてください」

布で覆われた遺体が棺からとりだされ、筵《むしろ》へと寝かされた。

遺体発見からは約五時《ごじ》（十時間）。腐敗臭はしていないが、あきらかに生きた人間とはちがう硬さと冷たさを感じずにはいられない。布ごしであっても、これが死というものなのだと強く実感させられた。

はじめますという宣言をしてから、桃花が覆いを取り払う。

現われた遺体を目にして、延明は己の油断を強く悟った。

「これは……」

思わず、悪心《おしん》がこみあげる。

遺体の顔は、あまりに無残だった。

金剛の顔面は赤黒く腫《は》れあがったように変色し、目は半開き、白目もなぜか恐ろしいほどに黒く、舌はわずかに突出していた。

「延明さま、記録を」

言われて、あわてて筆をとる。

桃花は凛《りん》と背筋をのばし、真摯《しんし》なまなざしで遺体を見つめていた。

——……そうだ。彼女は、こうだった……。

記憶から薄れていた、清廉で高潔な姿だ。それでいて、やさしくいたわるような手つきで遺体に触れる。

いつの間にか、早鐘を打っていた心臓も落ちつきをとりもどしていた。

背丈七尺、浄身、と桃花が読みあげたものを正確に記録していく。

「ご遺体の顔面はうっ血、目は半開き、結膜に溢血《いっけつ》、舌は歯で咬《か》まれ、わずかに突出。

鼻血少量、下くちびるの真ん中あたりには、血液のまじった唾液《だえき》が付着した痕跡《こんせき》がみられます」

「桃李……質問ですが、金剛の顔はなぜこのように？」

「頸部《けいぶ》圧迫で亡くなった者の特徴です。血流がさえぎられ、血液が溜《た》まってこのようになるといいます」

「では、首吊《くびつ》りはみなこうなるのですね」

「ともかぎりません。首の縄にしっかりと体重がかかれば血流が一気に遮断されますので、顔面はむしろ蒼白《そうはく》になります。これはそうでなかった場合、つまりは体重よりも弱い力——たとえば人力による絞殺、あるいは首吊りであっても足が地面につき、体重が散じてしまった場合などの様相になります」

「なるほど。この脚は？」

金剛の脚には、全体的な変色と灸《きゅう》の瘢《あ》痕《と》のようなものが現われていた。

「これは死後に血液が下がって溜まったもので、死斑《しはん》と呼びます。吊られた状態で亡くなっていたので脚に溜まったのでしょう。ちなみになのですが」

言って、桃花は金剛の硬直した身体を横にややかたむけ、背中を見た。

「死後あまり時間の経たないご遺体を仰向けに寝かせて安置すれば、死斑もまた下に——背面に移動します。こちらのご遺体はほとんどそれがありません」

「つまり吊られたまま長時間が経ってから降ろされた、と」

「はい。発見が朝早くとのことですので、おそらくですが亡くなったのは前日夜のうちかと思われますわ」

なるほどと感心しながら記録する。

桃花はふたたび遺体と向きあった。調べているのは首だ。

金剛の首についた縄の痕《あと》は、深い紫色をしていた。喉頭《こうとう》を締め、えりくびで八の字になっている。

「桃李、これが殺害時の縄の痕で間違いないですね？」

「わたくしは『殺害時』とは申しませんが、縊《い》死に至った縄の痕であると認められます。この色は出血の色なのですわ。死後についたものでなければ、刺創も縄の圧迫痕もおなじで、かならず出血を伴います。問題は、こちらですね」

桃花がしめしたのは首の前面についた、縄痕を上下にまたぐ搔き傷だ。

覚悟の首吊りではつかず、他者に絞められた際に抵抗した証しなのだという。

「こちらも出血を伴っていますので、生きているうちにできた傷です。死後の傷ではありません」

桃花は説明をすると、使用された縄と痕とが合致するかどうかや、縄の全長などを確認し、あとはかつてとおなじように、頭髪のなか、浄身の古傷、肛門《こうもん》にいたるまでを仔細《しさい》に調べて読みあげた。

それから金剛が着ていた袍《ほう》をとりよせ、広げたり、羽織ってみたりをくり返す。

「延明さま、こちらも記録を。着用していた袍の胸から腹のあたりには、血液混じりの唾液が少量付着。襠褲《はかま》には、足先に向かって失禁の染み有り」

今回は温めた酒粕《さけかす》や酢などは使わないようだ。

「どうです、なにか痕跡は見つかりましたか」

「死因ですが、縊死――頸部圧迫による窒息死でまちがいありません。使用されたのは、衣を縒《よ》ってつくられたこの縄。照らしあわせて相違ありません」

「わかりました。それで？」

「それで、とは？」

桃花が問い返すので、じれったく思いながら「殺害方法です」と答える。

だが、桃花はゆっくりとかぶりをふった。

「まさか桃李、殺害方法は当初の見立てどおりで変わらないと？」

桃花は困ったような顔をするだけで、否定しない。延明は強く落胆した。

これでは、如来の嫌疑を晴らすことは現状不可能だ。

おそるおそる近づいてきていた華允も、「そんな」とつぶやいた。

「よいですか延明さま、見てください」

軽く天を仰ぐ延明に、桃花は説明をする。

「このとおり、縄痕は首のうしろで八の字になっています。これはうえから吊られた証しであり、偽装のたぐいは見受けられません」

「ええ。しかし、首には抵抗の掻き傷があり、首吊り自殺に見せかけて殺す方法がある。動機もあり、それを行えるのは如来だけで……」

「問題はそこです。――履《はきもの》を」

華允があわてて金剛の履をもってくる。麻でつくられた、つま先あがりの方頭履《ほうとうり》だ。

桃花はそれを受けとると、履のさきをしめした。

「やはり、ずいぶんとつま先部分が土で汚れています。これはつま先が地面に到達し、もがいたあとだと推察されます。吊りさがったときの縄の長さが、首の太さと枝の太さを差し引いて二尺と九寸。結ばれた枝が高さ一丈ですから、枝がしなれば足先がわずかについてしまいます。おそらく、使用まえの縄はもっと短かったのでしょう。手づくりの縄が、体重をささえきれずに伸びてしまったのだと思われます」

「待って……待ってください。足先がつき、全体重が縄にかからなかった場合、顔面はうっ血する。ええ、遺体の所見と合致しています。しかし」

「苦しいのですよ、延明さま」

桃花はみずからの首に縄があるかのように、両手でそれをつかむしぐさをした。

「苦しいのです。縄からぬけ出せるほどには足がつかず、暴れるほどに枝はしなり、足がついたり離れたりをくり返します。履のさきで土もえぐれたでしょう。しかし血流も呼吸もわずかにあるので、すぐには死ねません。死を覚悟した者であっても、その地獄の時間をただ瞑目《めいもく》して過ごすことなど、どうあってもできないのですわ」

桃花はそっと、金剛に覆いをかけてやった。

「これは、みずからの意思で首を吊った自縊死です。この首の傷は、苦しむあまりにその手でつけてしまったものですわ」

＊＊＊

「〝中宮娘娘《こうごうさま》のお気に入り〟孫延明が、宦官《かんがん》の冤罪《えんざい》を晴らしてくれたらしいな」

夜も更け、仮官舎にて仕事の報告書に目を通しているところへ、青い目をした宦官がやってきた。

延明のようなうわさのみでなく、真実、皇后のお気に入りである点青《てんせい》だ。

「あやうく殺人犯にされるところだった如来とかいうやつ、おまえへの感謝にむせびながら、これまで高利をむさぼってきた相手に利益を返還してまわっているらしい」

「むせんではいないでしょうが、稼いだぶんは返すように命じたのです」

「宦官が情熱をそそげるものは蓄財か賭博《とばく》くらいしかないってのに、それをおまえ……むごいな」

「一度死んだも同然なのですから、今度は徳に生きよと諭してやったのです。輪廻転《りんね》生をつかさどる閻王《ジュンワン》も見ているだろうと」

にっこりと笑んで言う。

点青は「気持ち悪っ」と両腕をさすりながらも、にやりとした。

「まぁ、就任早々によくやったと娘娘《ニャンニャン》もほめてらした。後宮内で駒になる宦官も必要だからな。如来は使えそうだ」

「おや、私にそのような打算はありませんよ」

「よく言う。――しかしあれだな、死んだ金剛からしてみれば、殺されたってことにしといてもらったほうが、むしろありがたかったかもしれんな。なにせ宮中での自害はご法度だ」

燭台《しょくだい》の火にいたずらをしながら、点青が言う。

たしかに宮中での自害は女官、宦官ともに重罪だ。親族は奴婢《ぬひ》として収容され、本人の死体は塵《ごみ》のように城外にうち棄てられる。とうぜん、来世のための正しい埋葬は望めない。

――現世で家畜となり、来世でもまた人となれぬのか……。

あわれな、と思う。いや、しかし……。

「そういえば、金剛の所持品には『宝《パオ》』がありませんでした。盗まれたのか、それとも賭博に使い、負けてしまったのかはわかりませんが……。どちらにしても、来世に希望がなかったことはたしかなのかもしれません」

「絶望の末の自害か。人としてこの世に生まれたというのに、ただ家畜として垢《あか》と侮《ぶ》蔑《べつ》にまみれて死に、来世での救いもない。なんとも虚《むな》しいものだな」

点青の言葉には、「俺たちは」と声には出さないつづきがあるように感じられた。

「これもなにかの縁ですから、せめて遺体をひろって埋葬だけでもできるよう手配しておいてやりましょうか」

「どうせあれだろ、『孫延明があわれな下級宦官に慈悲をほどこした』とかいううわさをばらまかせるんだろ」

「あなたはそうやってすぐに決めつける」

もちろんやるが。

「ところで、あなたはなぜこちらへ？　なにか娘娘から命でも？」

「いや……あっちは居づらくてな」

点青がきまり悪げに頭を掻《か》く。延明は軽く噴きそうになった。

『あっち』とは、皇后が住まいを移している燕寝のことだ。

「たしかに、間男には夫の寝所など居づらくてたまらないでしょう。失礼なことをきました。失敬」

「おまえ喜んでるだろ」

満面に笑む延明をねめつけて几《つくえ》に腰をおろし、長い脚を組む。

「だいたい、夫だなんて形だけだろ。大家《ターチャ》たちは許氏の後ろ盾がほしかっただけだ。それが衰えたら今度は梅氏ときた。節操がなさ過ぎて笑えるな？　俺のほうがよっぽど貞操を守っているぞ」

「宦官に貞操もなにもないでしょう」

「心の貞操だな」

「そうですね」

めんどうなので爽《さわ》やかに相づちを打つと、点青はいやそうな顔をした。

そこへ、「失礼します」とやってきたのは華允だった。

「事件記録の浄書がすみました。きれいに書けましたのでどうぞ確認を」

邪魔な点青の腰をどけて、几に置くように命じる。

そばへとやってきた華允の顔を、点青は穴が開くほどしげしげと眺めた。華允のほうは、警戒してしずかに毛を逆立てているような様子だ。

「なんだこれ。おまえのあたらしい子飼いか？」

どちらもおなじだ。

「筆記のできる雑用係りです」

言うと、華允は「雑用のできる筆記係りです」と訂正したが、どちらもおなじだ。

「なんだか野生動物みたいな感じの餓鬼だな」

点青と珍しく意見が合った。延明もはじめ、どこか野犬のような少年だと思った。

「どれ、俺が字を見てやろう」

「よしなさい。あなたは悪筆でしょうに」

忙しいからさっさと帰れと手で払うと、まだなにか言いつつも、点青はしぶしぶと出て行った。結局、なんだかんだと皇后の様子が気になるのだろう。

息をつき、華允が仕上げてきた事件記録に目を通す。

書かれた字はまろやかな筆運びで、とても読みやすい。筆記係りとして申しぶんなかった。『可』であるとして、巻いて紐《ひも》をかける。

「――延明さま、こんな時間におでかけですか？」

立ちあがるとついて来ようとするので、それを制した。

「個人的な用向きですから、供はいりません。おまえたちは菓子でも食べて寝なさい」

黙々と仕事をする童子にも休むように言いつけて、延明は仮官舎をそっとぬけ出した。

＊＊＊

「また行くの？」

食事を終えて寝る準備をしながら、才里が桃花にたずねた。

才里の寝る準備とは、髪や肌を整えることと、身体の曲線を美しく保つための柔軟体操をすることだ。

幸い、桃花たちは五人房《べや》を三人で使わせてもらっているので、比較的広々としている。紅子が髪を梳《と》かす横で体操ができる程度にはゆとりがあった。

もしかしたら、こういうところも延明の手配なのかもしれないと思うと、つぎ会ったときにはあまり邪険にしてはいけないなと反省する。

「あんたって娘は、ぐうたらなんだか働き者なんだか」

「わたくし、機織りではあまり役立っておりませんので」

「すぐにウトウトしちゃうからよ。あたしも一生懸命話しかけて起こしてるつもりなんだけど」

「あれはそういう意図があったのですか。存じませんでした……」

では行ってきますと声をかけて、織室の本署へと向かう。

桃花は機仕事がやや遅い。かわりに、官用書体である隷書の読み書きができるので、寝るまえのわずかな時間に事務的な書き仕事を手伝っているのだ。織室令にいわせると、それでトントンらしい。

ところが、

「……迷惑ですわ」

思わず、うらみがましい声が出る。

署の奥にある書房に足を踏みいれると、待っていたのはいつもの小海ではなく、すっかり見慣れた気がするべつの宦官《かんがん》だった。

彼は薄暗い房のなかで、やわらかかつ妖《あや》しげに微笑んだ。あの『妖狐《ようこ》の微笑み』だ。

「そういう顔をせずに。私がかわりに仕事を終わらせておきましたから、ひとつも迷惑ではないでしょう」

「ここにいらっしゃること自体が迷惑なのですわ」

邪険にしてはいけないという反省は、いずこかへ消えた。

だれかに見られたらどうするのかという思いのほうが先立ってしまう。とくに才里だ。ただでさえ妙な誤解をしているのに、とんでもない妄想が爆発してしまう恐れがある。

迷惑でない会い方をもっとよく考えてほしい。

「仕事に関しては御礼を申しあげます。ありがとうございました。では、おやすみなさいませ」

帰ろうとすると、外から戸が閉められた。

一瞬見えたのは、昼間に迎えにきたあの佇《たたず》まいがきれいな宦官だ。延明の配下なのだろう。

「だれかに見られる心配ならいりませんよ。うまく手配してあります。というか、ひさしぶりにふたりでお会いできたというのに、その態度ですか。なんとも手厳しい」

「……延明さまは目立ちすぎるのですわ」

延明は見た目も経歴も立場も、すべてにおいて輝かしさと翳《かげ》が混在する。その危うさが、知らずまわりの目を惹《ひ》かずにはいない。

目立たず後宮という悪夢をただやり過ごし、外に出る機会をひっそり待ちたい桃花にとって、なるべく避けてとおりたい存在だ。

「ですから、こうして暗闇にまぎれて訪《おとな》っているでしょう。それに多少は影が見えたほうがよいのですよ、あなたにとっても」

「それは……わかりますわ。後ろ盾うんぬんという話は才里からもきいていますもの」

「今夜は御礼と、あらためてあいさつにうかがったのです。さあどうぞ、こちらにかけて。あなたが座らなければ、私もいつまでも立っていなければならない」

しかたなく、几をはさんで腰をおろす。

すかさず山芋の菓子をすすめられて、つい頬張った。やさしい甘さがじんわりとおいしい。

「まずは御礼を。宦官の冤罪《えんざい》を晴らしていただきありがとうございました。犯人でなかったどころか、まさか殺人ですらなかったとは、ほんとうにお恥ずかしい」

延明は顔のまえで拱手《きょうしゅ》し、座礼をする。桃花は首をふった。

「頭をお下げになるならわたくしではなく、どうぞ無意味に収監され拷問を受けたかたに。——ただ、たしかにあの傷はまぎらわしかったとわたくしも思います。どうか、つぎからは涎《よだれ》の位置、それと失禁の位置も考慮していただきたく思いますわ」

「すみませんが、詳しく説明を」

延明は真剣な顔つきで筆をとった。

聞き流すつもりはない様子が、桃花にはすこしうれしい気がする。

「よろしいですか、犯行に使われたとされていた偽装方法ですと、犯人が被害者を背に負うようにして吊《つ》りあげるのですけれども、このとき、犯人はややまえかがみの姿勢になります」

「ええ……」

「相手はもちろん暴れますから、なお前傾姿勢で絶命までふんばります。背中合わせの形で吊られたほうは逆に、やや仰向けに反っている状態になります。その姿勢のまま、窒息によって唾液《だえき》がたれ、弛緩《しかん》によって失禁するのです。唾液はやや斜め方向に垂れ、あごから首をつたいます。失禁もやはり、衣に不自然な形でしみます」

「あぁなるほど、わかりました。通常首を吊った場合は、顔をうつむきがちにした直立姿勢なので、涎は胸のほうに垂れ、失禁はきれいに縦方向に流れるのですね。金剛の衣服はそのとおりになっていた」

「可能性を申しますと、地面にのこされた大小の失禁は偽装することもできますわ。ですが今回のようにつま先が地面につくような高さでいる被害者の下に、というのはやはり難しいでしょう。そのうえ、襠褲《はかま》まで穿《は》きかえさせて偽装しなくてはなりません。胸の涎もありましたし、ここまでくると、すべてが完璧《かんぺき》な偽装であるとするのは荒唐無稽《こうとうむけい》とも言えますでしょう」

「ですので、自縊死《いし》であると判断されるのですね」

　ほかにいくつか大事な留意事項を説明する。延明はどれも細かに書きとめ、しっかりと懐にしまった。

　桃花は菓子のいくつかを才里たちのぶんとして包み、すこし迷ってから「ところで」と会話をつづけることにした。

「延明さまは東宮付きになったのだと、いつだったか風のうわさにきいていたのですけれども」

風のうわさというか、たぶん才里のうわさ話だ。

「ええ。殿下のもとで、朝廷に職を得たく動いていたのです。こうして路門のうちにもどされてしまいましたし、なかなか困難な道のりとはなりそうですが」

貼りつけたような微笑みで、延明は言う。

為《な》したいことを見つけたから、これまで逃げていた外に出るのだ、そう決心がついた——と以前言っていたことを桃花は思い出した。

それが朝廷で大夫《たいふ》となることだとは、きいたようなきかなかったような、あやふやでよく覚えていない。しかし、

「……おつらいなら、おやめになればよろしいですのに」

つい言ってしまうと、延明はじっと桃花を見つめ、そしてふっと表情を崩した。

「出ていましたか、顔に」

眉間《みけん》を揉《も》んで、どこか弱ったように笑む。

「困りましたね。あなたのまえではどうしても気がゆるむ」

「どうぞゆるんでくださって結構ですわ。張りっぱなしの糸はいずれぷつんと切れてしまいますもの」

のこった菓子を、折敷のうえでふたり分にわける。延明もひとつ手にとって、ゆっ

くりと食べた。

「……………桃花さん。愚痴をきいてくれますか」

「食べているあいだでよろしければ」

「そんなつれないことを。あなたはいま半分にわけただけでなく、さきほどいくつか包んでしまったではないですか」

苦い顔で軽くにらまれた。

「また会おうと、『再見《ツァイツェン》』といったのはあなたでしょうに」

「わたくしは延明さまだったように記憶していますけれども」

「よい出会いであった、とも」

ぜんぜん覚えていない。

けれども李美人の検屍《けんし》の際、検屍を穢《けが》れていると非難する者たちに対して、延明が本気で怒っていた。それだけは、はっきりと覚えている。

「延明さま、ここは暴室ではないのです。以前のようにはゆっくりしていただけないのですわ」

「わかっています。あなたに迷惑はかけませんよ。それで話をもどしますが、ええとなんでしたか……そう、東宮付きになっていたのですが、今度は後宮で勤めることになったのです」

菓子を食べようとした手を延明につかまれる。妨害する気だ。

「大家《ターチャ》より掖廷令《えきていれい》を拝命しました。ですので、またどうぞよろしくと、そのあいさつです」

「中宮、東宮、後宮の三宮でお仕事できるなんて、延明さまは出世街道を歩いていらっしゃるのですね」

「内廷ではなく朝廷のほうで出世しなければ、私には意味がありません」

「政《まつりごと》に参画をしたいということでしょうか。でも、たとえば中常侍《ちゅうじょうじ》の職でも政治参加はできるのではありませんか？」

中常侍は帝《みかど》の側近だ。いまの時代はみな宦官《かんがん》で、任命にも三公は関与できない。

「いけません。内廷からの政治干渉はろくな結末を生みませんよ」

延明は昏《くら》い目で微笑んだ。

「ご存じですか？　五年ほどまえ、九卿《きゅうけい》（閣僚）のひとりが大逆に加担したとして、帝が詔獄を開いたことがありました」

詔獄は帝命で高官をつなぐための獄だ。

「卿と家族の多くは投獄されるまえに自害しましたが、大家に大逆を密告したのは当時の大物宦官で、中常侍です。しかし真実は逆で、その大物宦官のほうこそが大逆をたくらんでいたわけです。卿は大逆を阻止しようとして先手を打たれてしまったというわけですね」

五年まえ。その頃、桃花はまだ姫家で教育を受けていた。

「幸い朝廷百官に力がありましたので、結果的に真実は暴かれ、大物宦官を排除することができました。しかしもし内廷のほうが力を有していたなら、それは取り返しのつかぬことです。内廷奥深くの腐敗は、だれも止めることができない」

延明なら大丈夫では、とは思ったが言わなかった。

彼が言いたいのはそういうことではないのだろう。

「わたくし、失礼を申したのですね。無知を謝りますわ。ですから、そのような顔をなさらないでくださいませ」

手にしていた菓子を、延明ににぎらせた。

延明はそれをもてあそびながら、深いため息をつく。

なにかを言いたげに桃花の顔をうかがっては、またため息をついた。

「――ところで五年まえときいて、なにか気がつきませんでしたか？」

「さぁ？」

「…………ほんとうにあなたは、私に興味がない。私の存在とともに、それなりに有名な話なのですが」

有名な話ならば、才里は知っているだろう。才里が知っていれば、桃花にも話の種としてきかせたかもしれない。だがざんねんながら、意識のある状態できいたとは限らない。

延明はどこか責めるような目で桃花を見た。

「いまのは、私の祖父の話です。私も腐刑の憂き目にあいました」

「そうでしたか……存じませんでした」

「女官の多くが私を知りたがるのですよ。年老いた婢女《はしため》ですらそうだというのに、老猫は寝てばかりだ」

「もしかするとですけれども、その老猫とはわたくしのことでしょうか」

なんとちょうどよいたとえだろう。

「ほかにだれがいると。もうこの流れですから愚痴をきかせます。こら、寝ずにききなさい」

「まだなんとか起きていますわ。つづけてくださいませ……」

「──その大物宦官はですね、処刑されてもなお、私の人生に立ちはだかっているのですよ。存命のうちにさんざん政《まつりごと》をひっかきまわしましたからね、みな宦官禍の記憶が新しい。だから私が孫利伯として朝廷入りをしようとしても、欠けた者を朝廷に入れるまいと抵抗する」

「孫利伯さま？」

そういえば、太子が延明をそう呼んでいた気がする。

延明は荒《すさ》んだように笑んだ。

「死人の名です。よみがえろうとしても、容易ではない」

「いいえ。死人がよみがえることなど、けっしてありませんわ」

まぶたを押しあげ、延明の手に触れる。

やはり、以前とおなじようにひどく冷たい。

やや強い声で言ってしまったせいか、延明が軽く目をみはった。しかし、きいてほしいと思う。桃花はほんとうの死者の手に、幾度となく触れてきた。

「よろしいですか。死人はよみがえりません。もしそれができるとすれば、それはまだ死してはいなかったということなのです。どれほど深く傷つき、死とひとしい辛苦を味わったとしても、まだここで耐えぬいて、たしかに生きているのですわ」

冷たい手をさすると、すこしずつぬくもりがもどってくる。

これは生きている者の手だ。

「延明さまはすぐに宦官を家畜などと言って貶《おとし》めます。けれども、それらは家畜にはできぬ所業です。わたくしはその姿に、その命に、心から尊敬を申しあげます」

桃花さん、とかすれた声がなまえを呼ぶ。

「そういうことは、私の胸に触れて話すほうが効果が高い」

「胸は冷たくありませんでしょう」

「冷たければ触れてくださる、と？」

「いまわたくし、とてもどうでもよいなと思っておりますけれども」

「……あなたはすぐにそういうことを」

延明が深くため息をつく。

そのすきに、のこりの菓子をぺろりと平らげた。

「ごちそうさまでした。では、おやすみなさいませ」

延明はしぶしぶといった様子で立ちあがる。

彼が房《へや》から出ていくとき、最後にその背中に声をかけた。

「……でも、延明さまが内廷にもどってきてくださってよかったと、そうわたくしは思っていますわ」

彼はその境遇から、官吏の腐敗や冤罪《えんざい》を厭《いと》い、見過ごすことをよしとしない。

その有りようは、妖狐《ようこ》や狐精《こせい》と言われながらも、どこか祖父に似ているようだと桃花は思う。白くて、とてもまっすぐだ。

こうして掖廷令となったことは、彼の望みとはちがう道なのだろう。けれど。

それでも、延明のような人が掖廷令ならば、この牢獄《ろうごく》のような後宮でも、きっと救われる者もあるだろうと思うのだ。

「またきます」

ふり返らず、延明はそれだけを応《こた》えて去っていった。

第二章　玉堂

蚕はだいたい、四度〝眠る〟と繭をつくる。

繭はつくられはじめてから三日で完成し、蔟《まぶし》という揺籃《ようらん》からあつめられ、選別を経て茹《ゆ》でられる。そこから生糸をひくのは、多くが熟練の腕を持った官婢《かんぴ》だ。彼女たちが撚《よ》りをかけ、練って絹糸となったものが官工《しょくにん》によって染められ、それを桃花たちがほとんど朝から晩まで織っていく。

これに印花や刺繍《ししゅう》をほどこすのも官工で、衣服への仕立てはまたべつの部署の職責である。

「才里《さいり》はなにをやっても上達が早いのですね」

となりで作業をする才里の働きぶりに、桃花《とうか》は感心して声をかけた。

才里の織りは、口がよく動いているのに仕上がりが非常に端正だ。そして早い。

「なに言ってんの。上達もなにも、機織りなら入宮まえに習ってきたでしょ」

「わたくし、姫家《きけ》でのことなどほとんど覚えていませんもの」

桃花の夢うつつは、姫家に売られたときからはじまっている。

子どもが売り買いされているのは知っていたが、まさか自分が商品となる日がくるなど、まったく思いもよらない悪夢《げんじつ》だった。

「寝ながら機が織れるようになる日は、まだまだ遠いですわ……」

「あんたねえ」

あきれた、と言って才里が機から立ちあがる。なんだかいやな予感がした。

「寝ながら機を織るまえに、まずは朝起きてちゃんと身じたくをすることからはじめなさい！　なんなのもう、この帯の締め方は！」

出た、と思う。ときおり、こうして耐えかねたように才里の身じたく指南がはじまるのだ。

桃花が逃げようとすると、ぐいっと後ろから帯をつかまれた。

「ヨレヨレだしねじれてるし、ほどけかけてるじゃないの。髪も、なんなのその崩れ具合いは！」

「さ、才里が引っぱるからほどけそうなのですわ！」

「ちーがーいーまーすー！　もったいないでしょ、桃花はけっこうかわいいんだから！」

「いいえ。わたくしは身じたくにかける時間がこの世で最ももったいないと思っているのです」

「後宮女官にあるまじき発言だわ。ちょっと貸してみなさい！」

髪を結い直されるのかと思ったが、才里はなぜか紅子《こうし》に声をかけて宮粉《おしろい》と紅を寄越すように言う。ぎょっとした。いったいなにをするつもりなのか。

桃花がいやな予感に震えていると、ちょうど宦官《かんがん》がやってきた。織室令《しょくしつれい》が桃花を呼んでいるのだという。

なにかやらかしたかと身構えたけれど、ひとまずこれ幸いと桃花は逃げ出した。

「——甘甘《かんかん》さま」

呼び出しに応じて向かったさきで、桃花は目を丸くした。

待っていたのは、前掖廷令《えきていれい》の甘甘だったのだ。

出火もとが掖廷ときいていたので、てっきり投獄されているものと思っていた。それが、織室令の席に座している。

「ひさしぶりだね。きょうからこちらに異動になったので、よろしくたのむよ」

甘甘は心得ているのか、ほかの官にはきこえないていどの声音で言い、こっそりと目配せをくれた。とてもありがたい。甘甘と顔見知りだと知られると、いずれ才里がその情報を仕入れて根掘り葉掘りききだそうとしてくるだろう。それはめんどうだ。

「さて、姫女官に仕事をたのみたいのだが」

通常業務の声にもどして言い、甘甘が几《つくえ》にあげたのは大きなかごだ。

「これを後宮に届けてほしい」

なかにはぎっしりと絹糸の束がつまっていた。


甘甘が言うに、中宮で焼失した帳《とばり》などを急ぎ新調するために、妃嬪《ひひん》たちも機を織ることになったのだという。

じっさいに労働するのはもちろんその女官たちになるが、とにもかくにも桃花がまかされたのは、それに必要な材料を届ける役割だった。

桃花はかごを負い、おなじく山のような糸束をつんだ荷車とともに出発する。牽《ひ》いてくれたのは、亮《りょう》という宦官だった。鋭い目つきで強面《こわもて》の、三十がらみの宦官だ。

たしか才里が言っていた、相思相愛宦官の片割れだったような気もする。

翳《かげ》がありしっとりとした雰囲気の懿炎《いえん》と、強面の亮という組み合わせだ。覚えておかないと、また話をきいていなかったのかと才里に怒られてしまう。

「やはりというか、なんというか。こういう事態になっても梅婕妤《ばいしょうよ》のところだけはやらないらしい」

亮が苛立《いらだ》たしげに言ったのは、機織りの話だ。

「そのくせ、梅婕妤と仲のいい八区の張傛華《ちょうようか》たちはやるというからおかしな話だ。仲たがいでもしたんだろうか？」

「……どうでしょうか。中宮の修繕が早くすむことは、婕妤さまもお望みのことと思いますけれども」

だからきっと、梅婕妤派の妃嬪たちにやるなとは言わないのだろう。むしろさっさと片付けてほしいと思っているはずだ。けれども、自分の殿舎で女官にやらせるのは矜持《きょうじ》が許さない。

「ふん、妃嬪というのはいつもいつもわがままなものだ」

「わがままというより、きっとそれぞれに主張がおありなだけですわ」

梅婕妤はたしかに、寵《ちょう》を競う相手に対して非常に厳しいところがあった。けれどもそれは、皇后となるためだけに生まれ、梅氏一族の権力をねだることだけが生き方だと教えられて育ってきたからだ。むしろとうぜんとも言えるふるまいだと桃花は思う。

桃花が検屍《けんし》に執着するように、梅婕妤は寵愛だけをよりどころとして生きている。それだけのことだろう。

「主張ねえ……」

亮はあきれたように遠くを見る。

それから桃花たちは、広大な後宮をまわって糸を届けて歩いた。

幸いといえるかはわからないが、妃嬪すべてが機を所有しているわけではない。半日をかけて終われる量であったのは助かった。

「ん、なんだ？」

亮がいぶかしんだのは、すっかり軽くなった荷車を十四区のまえに停めたときだった。

ずいぶんと騒がしい。女官たちがあせりを浮かべた顔で、足早に行き来していた。

「すみません、織室の者ですけれども。機織りを担当するかたはどちらでしょうか？」

近くをとおりかかった女官のひとりを捕まえたが、それどころではないという顔で去ってしまう。

桃花と亮は顔を見合わせた。

「ちょっとまってろ。知ってるやつをつかまえて、なにか情報を仕入れてこよう」

亮があたりを見渡したときだ。

「小海《しょうかい》！」

亮の声にふり返ったのは織室の小海で、とぼとぼと力なく歩いていた。

「おまえ、なんでこんなところに？」

「兄さんが、見つからなくて……」

小海は答え、憔悴《しょうすい》した顔を両手で覆った。

「大海《たいかい》が？　それは大変だが、この騒ぎはいったいなんなんだ？」

亮が問うと、小海はわずかに顔をあげ、あたりをはばかるようにしてから震える声を絞り出した。

「……じつは……馮充依《ふうじゅうい》も見つからないんだ。兄さんといっしょに後宮から逃げたんじゃないかって」

「なんだって⁉」

亮が目を剝《む》く。桃花もさすがに驚いた。

馮充依は妃嬪のひとりで、馮が姓、充依が階級をあらわす。側室としてはうえから七番目の地位である。

「なぜ、お兄さまと馮充依さまがいっしょだと？」

たずねると、小海と亮は話すか一瞬迷うように視線を合わせた。どうやら亮もそのあたりの事情は知っている様子だ。

「――じつは、こいつの兄貴と馮充依はそういう関係だったんだ」

「強引にそうさせられただけだよ。それも去年の話だ」

訂正するように、小海が首をふる。

亮が馬鹿にするように鼻を鳴らした。

「おまえには隠してただけさ。俺はきいたことがあるぞ、大海が馮充依への未練をもらしているという話をな」

「うそを言うな！」

気弱げないつもの小海らしくない、激しい声だった。

一気に漂った険悪な雰囲気に、桃花はふたりのあいだに割って入る。

「あの、いっしょに逃げたと思われているということは、同時にいなくなったという解釈でよろしいのでしょうか？」

こくりと小海がうなずいた。

「兄さんがいないって知らせがあったのはきのうだよ。あぁ、あのときは姫女官もいたんだったね。……でも、最後に姿を確認されたのは、おとといの仕事が終わったあたりらしいんだ」

あまりだれかと行動をともにする人ではなかったので、正確な時刻はわからないのだと言う。

「おなじように馮充依もおとといの夜からいないらしい。女官たちは火災の騒ぎに乗じて、これまでなんとか穏便に捜しだそうとしてたらしいんだ。けれど、さすがにそろそろ黙ってはいられないだろうって……」

馮充依はかつて格が高く、梅婕妤が暮らす昭陽殿《しょうようでん》を住まいとしていた妃嬪だった。

それが現在、帝《みかど》の住まいから最も遠い十四区、そのさらに隅の寂びれた殿舎で忘れられたようにして暮らす妃嬪だ。

たしかに女官たちさえ黙っていれば、しばらく行方不明であることを隠すこともできただろう。

「あぁ、兄さん……」

小海が堪えかねたように膝《ひざ》を落とした。

桃花は横にしゃがみこみ、はげますように背をさする。

──もしかしたら……。

心労が溜《た》まっている様子の小海には言えないが、どこかで火災に巻きこまれたのでは、と桃花は思った。掖廷から出火したのは、まさにおととい夜のことだ。

火災被害の範囲をよくは知らないが、そちらのほうが警備厳重な後宮を逃げ出したというよりも、よほどありうる。

──でも、充依さままで行方知れずというのは……。

偶然だろうか？

考えに沈んでいると、おまえ、と声をかけられた。亮だ。

「膝が汚れるぞ」

「……ええ……はい……」

膝をついていれば土くらいつく。だからなんなのだろう。

桃花がぼうっとしていると、焦《じ》れたように腕をつかんで立たされた。ぱんぱんと土を払われる。

「きいていたか？　膝が汚れる！　というかおまえ、その髪もなんなんだ。ずっと気になっていたが、ぐちゃぐちゃじゃないか。米粒もついてる！」

ああもう！　と宦官《かんがん》帽をかきむしるようにして叫ばれた。

どうやら身だしなみにうるさい人物のようだ。これまで言いたいのを我慢していたらしい。

「米粒は、あとで食べますわ」

「食うな！」

でも朝餉《あさげ》のときについてしまったのだろうから、この米粒だってたぶん朝餉の仲間だ。

「貸せ」

なぜか手のひらをつきだされた。

理由がわからないので、とりあえずじっと見つめてみた。赤く腫《は》れた手だ。この時期、織室では湯をよく使う。それでやられたのだろう。手のひらには肉刺《まめ》のように水ぶくれまでできていた。針で穴をあけて、なかの水をぬいてある。

「亮さま、水ぶくれはつぶしてはいけません。そっとしておかなければ」

「うるさい、俺は労働者だ。そっとなどしておけるか。こんなものは晩酌のついでに酒でも噴きかけておけば治る」

亮は腰帯にぶら下げた瓢箪《ひょうたん》をしめしていう。ただの飾りではなく酒が入っているらしい。彩色が美しく、高級酒の銘が彫ってあった。

「さぁよけいなことはいいから、よこせ」

亮はなぜか眉根《まゆね》を寄せ、焦れた声をあげた。

「櫛《くし》を貸せと言ってる。結い直してやるからちょっとこっちにこい」

「なんてこと。才里的人物がこんなところにも……」

桃花はうめいた。ここでは朝から晩まで身だしなみを指摘されなければならないのか。なんてめんどうな。

「けっこうですわ。それに、男のかたが女人の髪を梳《と》かすなど、よくありません」

「男だと？」

亮は地を這《は》うような声を出した。

「どうせ宦官は男ではないだろうが」

それは、牙《きば》をむくような眼差《まなざ》しだった。

「おまえも内心ではそうわかっていて、嗤《わら》っているのだろう」

「残念ですけれども、わたくしの考えはちがいます。とにかく遠慮申しあげますわ」

ぷいと顔をそむけて、よろめく小海をささえた。

亮はまだ納得がいかないのか、ぎり、とまなじりをつりあげる。

「偽善も大概にしろ！　おまえたちにとって、宦官は性のないただの奴隷だろうが！」

「偽善かどうかは受けとるほうの問題ですので、わたくし知りません」

「おまえっ、馬鹿にする気か！」

亮が爪が食いこむ強さで腕をつかんだ、そのとき。

大変だ！　と悲鳴にも似た叫びが響いた。

血相を変えた宦官が駆けてくる。

「みんなきいてくれ！　馮充依が亡くなった！」

どよめきが走る。

それから、宦官は真っ青な顔で小海へと近づいた。

「小海……おまえの兄貴もいっしょだ」

小海は目を見開き、ききたくないとでも言うかのように、頭を抱えて地に伏せた。

「馮充依とおまえの兄貴が、心中したらしい」

＊＊＊

「まいりましたね……」

延明《えんめい》は几《つくえ》に両ひじを立て、含みを持たせた微笑みで副官を見た。

「玉堂は無人だったのではないのですか？」

副官は面目なさそうに面を伏せる。

「はっ。いまとなっては『無人のはずであった』としか申せません。われわれの手落ちです」

「……まぁ、これは私も確認をすべきでした。どちらにしても遅かったことは間違いありませんが」

やわらかな表情とは裏腹に、頭が痛い。

頭痛の種は、ようやくくすぶっていた火も完全鎮火となり、解体作業に入った玉堂から発見された二遺体だった。

焼損がはげしいが、うちひとりが、身につけていた装飾品などから後宮妃嬪《ひひん》の馮充依とみられるのだという。

「しかしなぜ、このような場所に」

ぼやかずにはいられない。

後宮の玉堂は嬖幸《へいこう》の場所だ。すなわち寵愛《ちょうあい》のための建物で、帝が目をとめた妃妾《めかけ》を宦官が運び入れ、倖《こう》する。終わればまた、妃妾は自分の住まいに運ばれるといったものだ。

しかしそれはかつての話であって、時代とともに使われなくなり、ただの空き家と化しているはずだった。

無人であるからこそ負傷者などの捜索は行われず、ただ鎮火を待つのみとなっていたわけだが、その結果がこれだ。

「遺体の確認に呼んだ侍女によりますと、どうやら馮充依の〝遊び〟に使われていたようで、解錠する特殊な鍵《かぎ》を持っていたそうです」

「なぜ、これまで女主人がいないのだと申告しなかったのです。玉堂にも火がおよんでいることは知っていたはずでしょう」

「責任を恐れたようです。その侍女というのが馮充依の奶婆《うば》であった者なのですが、鍵の件を知っていたのはこの者だけのようで、なんと言いますか、玉堂は大家《ターチャ》の所有物でありますし、しかもそれを勝手に使用している目的が目的でもありましたので……」

副官が歯切れ悪く言う。延明もさすがに瞑目《めいもく》した。

——降格にあってもなお、懲りぬ女だ。

馮充依は四十三歳。帝《みかど》が太子であったときに側室となり、皇子ひとりを死産、三人の公主をもうけたかつての寵妃《ちょうひ》で、一時は『婕妤《しょうよ》』の階級にまでのぼりつめた女性だ。

婕妤は官位で言えば上卿《しょうけい》、爵位では列侯に比肩し、秩石《ちっせき》は中二千石を誇る。

それが五階級の降格、『充依』となったのは、延明が宮仕えとなるよりまえの話。宦官との密通が表ざたになったためだった。八年ほどまえのことだという。

暴室送りが回避されたのは、死産を含むとはいえ四子をもうけた功績、そして公主のひとりが梅氏一族に降嫁していた縁である。梅氏が救命を嘆願したのだ。

ちなみに宦官のほうは、腰から人体を真っ二つに切り落とす酷刑、腰斬刑《ようざんけい》となっている。

だがその後も馮充依のいわゆる火遊びは止《や》まず、さまざまなうわさが流れつづけていた。

「それで、今回の〝遊び〟の相手だったのが、もうひとりの遺体ですか」

「こちらも焼損がはげしいのですが、身元ははっきりとしております。後宮の帳《とばり》を管理する、大海という者です。浄身の様子が特殊でありましたので、名簿と照らし合わせまして間違いありません」

大海は閩《ビン》の出身だと副官は説明した。

閩では民間に特殊な技術が確立されており、この地方からは性の一部のみを除去した幼い子どもが献上されてくる。

「このふたりが玉堂で不貞をはたらいたのは去年のことだそうです。ただ、事情をよく知る奶婆によると、大海の件は〝遊び〟というよりも本気であったと」

馮充依は梅婕妤の入内《じゅだい》によって寵愛を失い、忘れ去られた無聊《ぶりょう》を慰めるように、手ごろな宦官《かんがん》を誘惑しては、玉堂でふたりきりの密会を楽しんでいたのだという。

そうしてこの一年ほど標的となっていたのが、大海という宦官だった。

無口だが、言葉を発すればやわらかな響きの美声で、落ちついた雰囲気が馮充依に気に入られたらしい。優柔不断だが、見方を変えればすべてを受けとめる包容力のある男にも思え、遊びの域を超えてどんどん夢中になっていったようだ。

ところが反対に、大海は馮充依と徐々に距離をとるようになっていったという。

「馮充依のほうはかなりのめりこんでいたようです。最近では、大海を自分のお付きにしようとけっこうな額の賄賂《わいろ》を動かしていたようで」

ただ、これはうまくいかなかったようだ。

馮充依の宦官にまつわる賄賂を受け取るほど、人事部も愚かではなかった。むしろ不祥事に巻きこまれることを恐れた人事の者は、大海を後宮から離れたどこかの部署に異動させようとまでしていたらしい。

「――だから殺した、と」

延明は痛む頭を押さえるようにして言った。

発見された大海の焼死体には、深々と刃物がつき立っていたのだ。

ともに見つかった馮充依の遺体の首には、炭化した縄片が食いこんでいた。真うえの梁《はり》には縄が擦《こす》った痕跡《こんせき》が確認されたことから、首を吊《つ》っていたものと思われる。検屍《けんし》によって、どちらも鼻孔口腔《こうこう》内に煤《すす》が見られないことから、火災のまえに死んでいたものと判明した。

首吊り体と、その執着相手の刺殺体である。

無理心中と推察された。

「なんという不祥事か……」

火災の後始末もまだだというのに、この心労はなんなのだろう。

着任二日目とは思えない疲労感が肩にのしかかる。

「華允《かいん》、筆を。大家へことを報告せねばなりません」

「はい」

大家への報告書、その筆である。さすがに緊張するのか、華允は手汗を巾《きん》でせわしなく拭《ふ》いていた。墨もあわててすり直している。

まだかかりそうなので、華允を尻目《しりめ》に延明もみずから筆を執る。

こちらは太子あてだ。馮充依と梅氏は姻戚《いんせき》であり、梅氏はかつて密通が表ざたになった際には減刑をもとめている。

この責任を問い、追及すれば、あらたに入内させるという側室を皇后許氏《きょし》派から輩出することができるかもしれない。すくなくとも、梅氏派から選ばれる事態は阻止ができるだろう。

頭の痛い不祥事ではあるが、これは好機だ。

＊＊＊

玉堂で見つかったという遺体の身元確認に向かった小海は、夕暮れになってようやく織室へと帰ってきた。

いや、帰ってきたというよりは、運ばれてきたと表現したほうが適切かもしれない。あまりに帰りが遅いことを心配して甘甘が迎えをやり、途中で倒れこむようにして動けなくなっている彼を発見したらしい。

「だいじょうぶかしらね、小海さん」

心配そうにつぶやいたのは才里だ。

暗い房《へや》で、髪をほどいてていねいに梳《くしけず》っている。どうせ朝もやるのに、なぜそんなめんどうなことをするのだろうと桃花は思う。

桃花は深衣をてきとうに脱いで掛布とし、すでに臥牀《ねどこ》に横たわっていた。

「……だいじょうぶとは言い難いようですわ。水ものどを通らない状態のようです。あしたからしばらく休ませるとか」

さきほどまで甘甘の書き物を手伝いながらきいた話だ。

「そっかぁ。でもなんか、その亡くなったお兄さんは妃嬪《ひひん》との心中だとかきいたけど、ほんとなの？」

「さあ……そのあたりは口止めをされているみたいですわ」

「もしほんとなら、連座よね。かわいそうに」

「それなら心配いらない。だいじょぶさ」

仕事が長引いていた紅子が、ようやく房へともどってきた。

「どういうこと？」

紅子のためにとってあった雑炊をだして、才里が興味津々で匙《さじ》を渡す。

すっかり冷えてしまったそれを口に運びながら、紅子は説明した。

「小海の兄さんってのは義兄弟なんだ。故郷がおなじってだけで、血は繋《つな》がってないんだよ。だから連座にはならない」

「義兄弟？　姉妹を娶《めと》ったとか？」

「いや、お局《つぼね》女官からきいたんだが、そういうのでもないらしい。ふたりは小さいときに宮廷入りしたらしいんだけど、同郷ってことでとにかく仲がよかったらしい。いつからか向こうが小海を弟だとか言いはじめて、小海もよろこんだって話だよ」

それで杯《さかずき》を交わし、たがいに兄弟と呼び合うようになったのだという。

「ふたりとも『海』の字が入ってるから、てっきりほんとの兄弟かと思ってたわ。『小』が弟で『大』が兄だなんて、わかりやすいじゃない」

「たまたまらしい。出身地が海の近くで、そのへん出身の宦官には多いんだってさ」

へぇーと才里が感心の声をあげる。

「義理の兄弟かぁ、素敵。そうやって苦しい宮仕えをささえ合って生きてきたのね。男の友情ってやつだわ」

「乱世の時代には、生まれはちがうが死ぬときはおなじときおなじ場所で！　とか杯を交わして誓い合ったとかいうねぇ」

「あ、わかるわそれ、梨園の誓いでしょ！」

「ところが誓い合った兄弟が、乱世の不運でのちのち敵同士としてあいまみえるんだよねぇ……三兄弟は涙をこらえて斬り結ぶのさ。泣いて子竜を斬る、あれがたまらないんだよねぇ」

「あーあたしもそこ好き。ね、桃花」

「……ね、とは？」

あくびを連続で嚙《か》み殺し、ぽろぽろと涙をこぼしながら桃花はきき返した。

たしか、小海が心配だという話をしていた気がする。すこし意識がないあいだに話題が変わったらしい。

「仲がいいと言えば、懿炎さんと亮さんもそうね。懿炎さんがいつもしっとり艶《つや》っぽいまなざしで亮さんを見つめてるのがいいと思わない？」

懿炎はただそういう顔つきなだけだと桃花は思うのだが、才里たちにとってはなにかちがうらしい。

「あれはたまらないね。大人な雰囲気の懿炎に、クソ生意気な亮っていう組み合わせも絶妙だね。ふたりがなにしゃべっていても意味深に見えちまうよ」

「わかる。妄想がはかどるのよね」

「妄想とは……？」

どうやら宦官《かんがん》同士の相思相愛、つまり男色を妄想するのが女官の流行らしい。男の友情にあこがれる感情が高じて派生したもののようだが、なにが楽しいのか桃花にはよくわからない。

才里たちによると、小海兄弟にも白羽の矢が立ち、そういった関係だとよろこんでいる女官もいるのだとか。

そのあとも才里と紅子はふたりで盛りあがっていたが、桃花は徐々に夢のなかへと沈んでいった。

＊＊＊

内廷と外廷とを隔てる路門。

そこへ延明が呼びだされたのは、掖廷令《えきていれい》となって三日目のことだった。

路門は一見して壮麗だが関所のように巨大な建築物となっており、その中には門番が詰める署や、帝《みかど》の待詔の者が控える堂があり、出入りをする人や文書の行き来を管理する宦官署などが直結して置かれている。

そのうちで、面会のために用意された一室へと足を運ぶと、延明の主《あるじ》である太子が待っていた。うしろに伴っているのは、東宮での宴《うたげ》で顔をあわせた河西《かせい》の名士だ。恰幅《かっぷく》がよいが、眼光鋭い男である。

「我が君。孫《そん》延明がごあいさつ申しあげます」

両袖《りょうそで》で顔を隠すように揖《ゆう》をささげながら進み出て、両膝《りょうひざ》をつく。深々と頭をさげたところで「免礼」を言い渡された。

「いろいろと語りたいこともあるが、おまえも忙しかろう。きょうは用件だけとしておこう」

ありがたいことに太子はそう述べ、河西の名士をまえに出した。

延明が深々と揖礼をささげると、彼はもっとも軽い礼でこれに応《こた》える。

「では儂《わし》も用件のみとしよう。孫宮人よ、頼みがある」

「なんでございましょう」

延明は微笑みで応えながら、内心では冷たいまなざしで相手を見おろしていた。

この男は、延明を『孫掖廷令』とは呼ばなかった。『孫殿』でも『延明殿』でもない。それどころかこういった場合、宮人とは宦官を蔑《さげす》んで呼ぶ言葉で、どう好意的に取ろうとしても侮辱でしかない。

たしか、宴で延明を「刑余の者か」と言ったのもこの男ではなかったか。

「馮充依の件だ。これを調べなおしてもらいたい」

「……理由をお尋ねいたしましても？」

「馮充依の公主《むすめ》を娶《めと》った梅飛《ひ》云《うん》は、儂の馬術の教え子だ。その縁で交渉ができた。馮充依の不名誉を晴らすことができれば、梅氏派からの側室推薦はとりやめる、と」

「しかし」

「公主が絶食までして訴えているそうだ。馮充依はたしかに悪い癖を持っていたが、自害などするはずがない、そういう母ではないのだと。馮氏を貶《おとし》めるための陰謀であると。そこで、冤罪《えんざい》を雪《そそ》ぐ光明だとうわさの『無冤の冤明《えんめい》』にこれを依頼したいとのことだった」

──無冤の、なんだって……？

首をかしげたかったが、太子が目配せを送ってきた。どうやら太子が流させた売り文句らしい。

なんと無責任な、と思わずにはいられなかったが、太子の考えもわかる。梅氏をただ糾弾することはできるが、それよりも恩を売っておいたほうが後々有利だ。

しかも今回は馮、梅の二氏だ。なにも出なかったとしてもこちらに責任はないのだから、これは大きい。

延明は息をするように、穏やかな微笑みの仮面を身に着ける。

「畏《かしこ》まりました。微力ながら手をつくしてみましょう」

なにも覆らない可能性もあると念を押してから、延明は太子の御前を辞した。


「検屍《けんし》官の用意を。急ぎます」

署にもどるなり、延明は掖廷の検屍官を伴ってみずから調査に出ることにした。華允にはもちろん、雑用のできる筆記係りとしてさまざまな道具を担がせる。

「延明さま、今度はなにを？」

「馮充依の無理心中に疑義ありとのこと。調べ直します」

あわただしく支度をすませ、死体安置場へと向かう。焼け落ちた掖廷獄の裏の敷地は、鼻を突くような臭気がたちこめていた。おもに焦げた材木のにおいに思えたが、さまざま混じり合い、なんとも形容しがたい異臭となっている。

ここに馮充依、そして宦官の遺体が仮埋めされていた。周囲に空の穴がならんでいるのは、焼死した囚人で身元の確定した者から城外に運びだしているためだ。

奴僕《ぬぼく》と華允が簡易の棺《ひつぎ》を掘りおこす。

まもなく棺があらわれ、帛《きぬ》で包まれた馮充依の遺体がとりだされた。

その身には、美しい葬送の緞子《どんす》や装飾品のたぐいはつけられていない。彼女は宮中で人を殺し、自害までした罪人なのだ。

延明は鼻にごま油をぬり、帛をはがされていく馮充依の遺体のまえに膝《ひざ》をつく。掖廷検屍官は、あわててそれをやめさせようとした。まぶたもすっかりさがり、どうやってまえを見ているのかも怪しいような老宦官だった。

「掖廷令はどうぞお下がりくだされ。通常、こういったことはわたくしめのような賤《いや》しい者が行い、上官は離れたところで監督をするものです」

「監督とは穢《けが》れや臭気を恐れただけの職務怠慢のことですね。それに、この件は私が責任をもって調べ直すよう仰せつかっています。検屍官はあなたですが、離れて待つわけにはいきません」

「しかし、これは焼死体でござります」

「覚悟しているつもりです」

延明は念のため、胃を空にしてからやってきていた。体内を爽快《そうかい》にする薬も服用した。言葉だけではない覚悟をもって、延明は遺体と対峙《たいじ》しにきたつもりだ。

最後の帛がはがされる。華允がうめき、えずくのがきこえた。

四十をすぎ、やや肌艶《はだつや》に衰えの兆しが見えつつも、かつてと変わらず妖艶《ようえん》な美しさを誇った麗人が、いまやすっかり変わり果てた姿となって横たわっていた。

遺体ははげしい炎に長時間さらされ、全身が黒色炭化している状態だった。肌は割れ、ところどころに黄色い脂膏《しこう》が凝固している。頭髪はすべて焼け落ち、手足は寒さをこらえるような姿勢でやや屈曲させていた。

くちびるは焼失してしまったのか、煤《すす》だらけの歯がむき出しだった。それは、あの破傷風で亡くなった碧林《へきりん》の姿を思い起こさせた。よく見れば、耳や手足の指も焼失している。

「……念のため確認しますが、こちら馮充依でまちがいないですか」

「そうと思われまする。所在のわからない妃嬪《ひひん》は馮充依のみでありまして、身につけていた装飾品のたぐいも彼女所有のもので間違いありませぬ。また、この八重歯」

検屍官が遺体のむき出しになった歯をしめす。

「左がとがり、右がすこし欠けておりますな。これは馮充依の特徴であると確認が取れておりまする」

「これだけひどい状態で、どうして首吊《くびつ》りだとわかるのですか？　すっかり黒焦げで、おれには縄の痕《あと》がどこだかわかりません」

たずねたのは華允だ。

二度目の検屍ですこし慣れたのか、あるいは覚悟を決めることができたのか、真っ青な顔をしながらも、筆を手にして延明のそばへと膝をついた。

「縄の痕はこれでは確認のしようがございませぬ。が、こちらをご覧くださりませ」

検屍官は、脆《もろ》く崩れそうな馮充依の遺体を、そっとかたむけた。

「遺体は、左側面をやや下にするようにして倒れておりました。首を吊っていた縄が焼け、落下してそのような姿勢になったと思われまする。ゆえに、その際に下となった部分はわずかに状態がよくのこっておりまする」

「よく、とは言い難いですが、たしかに……」

頭頂部のやや左、左肩、左わき腹、左臀《でんぶ》部は、比較的そうかもしれないと思われた。

「頭はこのようにして左にかたむけておりましたので、その肉にはさまった縄のみが、なんとかのこってございました。だれぞ証拠の品を」

柳のような老首をかたむけて見せながら説明し、奴僕に指示を出す。すぐに、丁重に包まれた品が運ばれてきた。

開くと、炭化してぼろぼろになった縄状のものが現われる。焼損し、延明の親指ほどの長さしかない。

「後宮でどこでも使われている、丈夫な縄にございまする。肉に深く食いこんでおり、梁《はり》には縄で擦《こす》ったような痕跡《こんせき》が見つかりますれば、こちらを用いての首吊りに相違なきことかと愚考いたしまする」

それから延明たちは、いま一度入念に遺体を調べた。

延明と華允には検屍の知識がないので、老検屍官の指示をききながら、むしろ彼の助手のような形で慎重に行う。

なにも新たな所見が見つからないことを確認すると、つぎは宦官《かんがん》の遺体をとりださせた。

「こちらが、後宮の帳《とばり》を管理する宦官で、大海という者でございまする」

「これは……ずいぶんとまた、馮充依とは状態がちがう」

全身はほぼ黒色炭化しており、脇をしめた状態で手足を屈曲させているのはおなじで、指や耳などが焼失している点も変わりない。

しかし、大海の遺体は下腹部がかなり状態よくのこっていた。焼けて皮膚が脱落してはいたものの、炭化はしていない。

「この下腹部は、落下してきた馮充依が折り重なっていた部分にございまする」

「それで、焼けなかったのか」

華允が感心したようにそれらを記録する。

大海は閹の出身で、浄身の傷痕《きずあと》が特徴的――陽根が一部のこっている宦官なのだが、これなら調べやすかったことだろう。

「死んだあと、あるものをないように細工することはできますけど、ないものをあるように細工することはできないですよね」

「ええ。ですので、この焼死体は大海にまちがいないでしょう。それで検屍官、刃物が刺さっていた傷というのは……？」

延明がやや困惑気味にたずねたのは、遺体の胸にはそれらしき傷痕がいくつもあったからだ。小さく細く割れたような傷から、白い皮肉や黄色い脂膏が見えている。

これに、と検屍官がそのうちのひとつを指し示す。

「では、大海は複数箇所を刺されていたということですね？　最後の刺し傷に、そのまま刃物がつき立っていたと」

「それでございますが……」

老宦官は、どこか弱ったような表情を浮かべた。

「恥ずかしきことながら、宮中の検屍術には失われてひさしい部分が多いようでござりまする。……知識も技術も、話に聞きおよびまする桃李《とうり》殿のようには、なかなかいかない点も多ございます」

それは延明も思っていたことだ。

おそらく、時の権力者たちに不都合な事実を隠ぺいさせられているうちに、徐々に失われてしまったのだろう。

「今回わたくしめが多くの焼死体を視させていただいたなかで、はじめて知ったこともございます。どうやら、人体というのは火に長くあぶられますと、皮肉が縦にひび入ることがあるようなのでございます。こうした裂創は、獄中で焼死しました囚人たちの遺体にも見受けられましてございまする」

「では、あなたがしめした傷のほかは、刺創ではないのですね？」

「皮膚の走行に沿って割れたものは、火災による裂創と判断してございます。刃物がのこっていたものをごらんくださりませ。これのみまったく角度が異なっておりましょう」

たしかに、かれがしめした傷のみが皮膚の走行によっていない。むしろ人体に対して横方向に大きくかたむいている。

延明は慎重にその長さをはかり、つき立っていたという焼け焦げた刃物と照らし合わせるなどした。

それからもう一度、手順を踏んで大海の焼死体を検屍《けんし》する。

「……延明さま、なにもでませんね」

馮充依にも大海にも、検屍を二度くり返した。

しかし、当初の所見と異なる点や、なにか疑わしい点などは見当たらない。

「ええ。焼損がはげしすぎるのです。これでは、たとえなにか偽装があったとしても判別できない」

「まさかですが、あの火災はそのためにだれかが？」

「それならば玉堂に直接火をつければよいことです。掖廷《えきてい》獄に火をつけ、延焼を待つなどという、まどろっこしいうえに不確実な方法などとらないでしょう」

万にひとつ、風を読む達人がいたとして、玉堂方面に延焼する予想が立ったとしてもだ。

延焼するまえに消火されてしまう可能性があり、火がまわるまえにだれかに発見されてしまう危険もある。玉堂の延焼火災は偶然であったはずだ。

「掖廷令」

ふたりが考えこむと、老宦官がまっ白なひげをさすりながら提案を口にした。

「掖廷令お抱えの検屍官、桃李殿を呼ぶというのはいかがにござりましょう？　わたくしめもぜひその手腕を目にしたく思いまする」

「残念ですが、桃李は間に合いません」

桃花を呼ぶためには根回しが要る。

だがこの遺体は罪人の遺体なのだ。もうじき、市に晒《さら》すための執行官がやってくる。時間がない。

――遺体を持っていかれるまえに、なにかひとつでも見つけておきたかったが。

延明や検屍官の能力不足か、それとも事実、なにもなかったのか。

遺体のまえで膝《ひざ》立ちのまま動けずにいると、奴僕《ぬぼく》たちが手を洗うための盥《たらい》を用意する。

もう終わりだと思ったのだろう。

――なにも出なかったと報告するしかないか……。

絶食しているという公主には悪いが、これ以上はできることがない。

この遺体状況からわかることは、馮充依は首を吊っていたということ。大海は胸を刺されていたということ。それだけだ。

馮充依が大海にひどく執着していたという事実がある以上、無理心中であると判断されてもしかたがないだろう。

それに、使用された縄と刃物が、その判断に大きく寄与している。

縄は後宮の倉庫から盗んで持ちこまれ、刃物は玉堂の厨《くりや》にあったものが使われたと、それぞれ備品記録から確認が取れている。

つまり、縄は玉堂では手に入らず、刃物は玉堂で調達できるとあらかじめ知っていた人物による行いである、ということだ。

現在使われていないとはいえ、玉堂は帝《みかど》の所有物である。畏《おそ》れ多く、だれもが簡単に出入りできるたぐいの場所ではなく、また、門扉には鍵《かぎ》がかかっていた。

このことから、玉堂になにがあってなにがないかを知る人物は、非常に限られていると言える。その筆頭がまさに、馮充依なのである。

「え、なんですか……！」

とつぜん声をあげたのは華允だった。

いつの間にか、彼を押しのけるようにして帝の側近宦官が立っていた。ともにいるのは、刑辟《けいばつ》をつかさどる官吏たちだ。

強引に退《ど》かされた華允はよろめき、筆や木簡をばらばらと取り落とす。墨だけはこぼさぬよう、なんとか死守していた。

「……孫延明よ、それが罪人の死体か」

側近宦官が、袖《そで》で鼻を覆いながらたずねる。遺体の回収にきたのだ。検屍はこれまでだった。

どうせ無理なのだから、無駄なことはやめればいい——桃花は最近、しみじみとそう思う。

箝口令で箝口できたためしが、いまだかつてあるだろうか。

箝口令《かんこうれい》というものは、なんのためにあるのだろう？

＊＊＊

「小海さんのお兄さんが……」「馮充依と……」「ただの心中じゃないらしい……」

「無理心中で……」

おなじような内容を、どこへ行っても女官たちが声をひそめてささやきかわす。

下手に情報を遮断しようとするから、みんな知りたがるのだ。

川をせき止めることができないように、どうせ情報は脇から洩《も》れる。洩れた情報はこうして女官たちによって運ばれ、後宮のすみずみにまで届けられるのだろう。

「小海さん、発熱ですって？」

甘甘に頼まれた小海の世話を終え、織房へともどってきた桃花に才里がたずねた。

ひとまず、うわさ好きの才里が第一に小海を心配していることに安堵《あんど》した。

「はい……お兄さまのご遺体が凄惨《せいさん》だったようで、精神的な影響が大きいようですわ」

「ごはんはちゃんと食べてるの?」

「それが、匂いだけでも嘔吐《おうと》してしまうのです……。それでも朝は薄粥《うすがゆ》をすこしだけ口にできたのですけれども、わたくしが席を外しているあいだにだれかが小海さまに変なことを吹きこんだらしくて、もどしてしまいましたわ」

「あらま。とんだ愚か者がいるのね」

「変なことじゃないだろ」

割りこんできた声に、桃花はむっとくちびるを引き結んだ。

ふり返れば、房《へや》の入り口に亮、そして懿炎が立っている。男色が疑われるなどしている二人組だ。

亮は小馬鹿にしたように鼻をならした。

「愚か者? あいつの兄貴が──大海が妃嬪《ひひん》を刺し殺したんだ。こんな大ごと、弟が知らないほうがまずい」

「は? ちがうわよ。大海さんが刺されたんでしょ? 亮さん、あなたこそ適当なうわさバラまくなんてまずいわよ」

「『は?』はおまえだ。なんで馮充依が大海を刺す? 俺は刺されたのは馮充依だときいている。執着してたのは大海のほうだしな」

頭ごしに言いあうふたりの間で、桃花はあくびをひとつ嚙《か》み殺す。

これがきっと、箝口令の効果だ。情報が錯綜《さくそう》している。どちらが正しいのかは、桃花にはわからない。

「ばか言わないで。大海さんは馮充依と距離をとってたって話をきいたわ」

「表面上はな。だれだって腰斬《ようざん》刑になどなりたくないだろ。あれは想像を絶する酷刑だぞ。下半身を失ってもなお、苦しみから地べたを這《は》い回る」

才里は一瞬だけ言葉に詰まった。想像してしまったのだろう。

懿炎もそうだと同意をしめす。

「それに馮充依の寵愛《ちょうあい》など、ただの遊びだとみな知っている。本気で愛してしまったなどと、口が裂けても言えるものか」

「……あなたたちなんなのよ。小海さん兄弟に、なにかうらみでもあるわけ？」

「うらみじゃない。もと同僚のよしみってやつだ」

亮と懿炎、そして大海と小海は、かつて婕妤《しょうよ》だった馮氏のもとで働いていたらしい。

才里は「あっそ」と流して、しっしと手をふった。あれほど妄想でよろこんでいたのに、この一幕ですっかりふたりをきらいになったらしい。

「もと同僚だからって、言っていいことと悪いことがあるわ。さっさと出てってちょうだい」

「出ていくさ。姫桃花と一緒にな。――こい、きょうも糸の運搬だ」

桃花はすこしだけ困った。仕事はするが、亮は苦手だ。

亮もおなじなのだろう、実にいやそうな顔で桃花を見ていた。

「きょうは米粒をつけていないようだな」

荷車を牽《ひ》きながら、亮がじろじろと桃花を見て言う。あたりまえだ。出発前に、きちんと才里に確認してもらった。

「だが履《はきもの》が左右逆だぞ。どうなってるんだこの女は」

「……細かい男ですわ……」

履など、歩けさえすればどうでもいいではないか。そのために履いている。

「露骨にめんどくさそうな顔をするな。身だしなみさえきちんとしていればそこそこいい女なのに、なんなんだおまえは」

「なんなんだはこちらの台詞《せりふ》ですわ……。女性の身だしなみに口を差しはさまないでいただきたいですし、小海さまに変なことを吹きこみにくるのも、今後一切やめてくださいませ」

「おまえ、小海に同情してるのか。なるほどな。小海も大海もいかにもお優しそうで、妃嬪や女官どもが好みそうなやつらだ」

どうでもよい話で、背中の荷とまぶたがすこぶる重い。

「……そうでした。どうでもよい話といえば、まえは言い損ねてしまいましたけれども、傷に酒を噴きかけるという行為はあまりほめられたものではありませんわ。口腔《こうこう》内が清潔とは限りませんもの」

「おまえ、どうでもよいだの口の中が汚いだの、なにげに失礼だな……」

「汚いとは限りませんけれども、いけません。それとも腰に下げてらっしゃるのは火酒や白酒などの強い酒でしょうか。高級酒のようですけれども」

たずねると、亮は瓢箪《ひょうたん》を叩《たた》いて肩をすくめた。

「まさか。米粒女官には教えてやるが、これは入れ物だけだ。実際のところは水増しの安酒さ。だれにも言うなよ」

「言いませんけれども、やはり消毒にはなりませんわ」

「そもそも大切な酒を噴くなんてもったいないことするものか」

亮は酒好きの下戸ということだろうか。すこぶるどうでもいい。

こらえきれないほどまぶたが重くなり、そこからのことはまったく記憶にのこっていない。

思考がようやく再開したのは、糸の運搬を終えて織室へともどり、囚人を率いて染色液の作業につくよう命じられてからのことだった。

染房《せんぼう》では火にかけられた甕《かめ》がいくつも並び、すでに女囚たちが顔をまっ赤にして火の番をしていた。火災に巻きこまれた暴室女囚たちに代えて、あらたに収容された馮充依の女官たちだ。

ちなみに暴室は焼けてしまったので、織室の地下室を仮設の獄として使用している。

――暑……熱い……。

以前は身を切るような冷たさのなかでの作業だったが、季節が変わり、いまは材料を煮だして染液をつくる、業火の作業である。

さんさんと降り注ぐ日差しの下で、官工も、その補佐をする宦官《かんがん》たちも、みな滝のように汗を流して目が虚《うつ》ろになっている。囚人たちなど、もはや立ちあがる気力もないように見える。

寒いときに冷たい作業をやり、暑いときに熱い作業をするのはなぜなのだろう。桃花は軽く絶望した。

その絶望のまま、火の調整に使う藁《わら》や薪《まき》、未染の糸束、色の定着に使う麴《こうじ》のたぐいをせっせと運ぶ。あたり一帯が熱気で揺らめいて見えた。深衣は汗を含み、いつのまにか雨にそぼ濡《ぬ》れたように重い。

めまいがして立ち止まると、作業にあたる宦官のなかには亮と懿炎の姿も見えた。

彼らは煮えたぎる甕をのぞきこみ、炎そのもののように熱い湯気のなかをひとつひとつ棒でかきまぜる仕事についていた。

以前に亮の手を見たとき赤く腫《は》れていたが、やはり湯のせいだったようだ。懿炎もおなじなのだろう、彼は手のひらに固く巾《きん》を巻いて保護している。

ああいった危険な仕事をしないで済む分、女官とは恵まれた立場なのだとあらためて痛感する。

それから、桃花は黙々と作業に従事した。

うとうとと夢を見ながら仕事をしているのか、意識朦朧《もうろう》としているのかの境目はあやふやだったが、もしかしたらこれは向いているのではと思いはじめたころ、藁を運んださきで老女が倒れているのを発見してはっとした。

「……もし、だいじょうぶですか？」

声をかけると老女は返事こそしたものの、手が痙攣《けいれん》しているようだった。四人用の手枷《てかせ》がかたかたとゆれている。意識もだいぶ怪しい。

桃花は彼女を熱波の届かないところまでずるずると運び、紅子が桃花のために用意してくれていた薄い塩水をのませ、休ませた。

しばらくして仕事のあいまに様子を見にいくと、老女はしっかりと起きあがっていたので安堵《あんど》する。

「ありがとう……すまないわねぇ」

感謝する老女には、首を横にふるしかない。桃花にできることはこれくらいだ。

「そんな顔しなくともよいの。この老いぼれはね、そろそろ死ななきゃならないのだから。それがお嬢さまの好きにさせてきた、あたくしの運命なのよ」

「お嬢さまとは、もしや馮充依さまのことですか？」

そう、と答えてから、老女は桃花の顔をじっと見つめた。それから「ああ、梅婕妤のとこにいた子だわね」と力なく笑った。

彼女は馮充依の侍女頭で、もとは奶婆《うば》だった女性らしい。

「もうきっと、後宮中大騒ぎなんでしょうね……」

「大騒ぎと言いますか……形ばかりの箝口令《かんこうれい》がありますので、不確実な情報が飛び交っている状態にはなっているのですけれども」

「不確実？」

「無理心中を仕掛けたのは馮充依さまだという説もあれば、大海さまだという説もあったりするのです」

奶婆は目を丸くし、それから疲労濃い顔で破顔した。

「ふふっ、なあにそれ。ずいぶん誤った情報が流れているのね。でも、そんな程度のことなのね。あたくしはてっきり、お嬢さまが襤褸《ぼろ》のように嘲罵《ちょうば》されているのだと思っていたわよ」

「そんな不敬なことございませんわ」

「不敬ねえ」

奶婆はなんとも言えない、蔑《さげす》みの混じった目をした。それは桃花に向けられたものではなく、おそらく、亡き女主人へと向けられたものだ。

「これまではね、敬われる立場であったからこそ、みんななにがあっても口をつぐんできたのよ。それがまぁ無理心中なんて大それたことまで起こして、もうあきれたやらなんというやら……。なににしてもね、溜《た》まった悪口を言うまたとない機会がいまよ。みんなそうだと思うわ。特に、宦官たちはね」

「宦官ですか？」

「あぁ、あなたみたいな若い子は知らないのね。お嬢さまは宦官遊びがやめられない人だったの。とくに、小さいころに親に売られてきたようなのが好きでね……。ほら、食べ物にも飢えてるし、愛にも飢えてる。それがよかったみたい」

そこまでいっきに言うと、奶婆はひどく咽《むせ》た。

塩水を飲ませると、溜まっていたなにかを吐きだすようにまた話しだす。

「あたくしは、ほんとうはいやだったの。宦官なんて汚《けが》らわしいでしょう？　でもお嬢さまは、飢えて飛びついてくる宦官がたまらなかったみたい。ちょっとやさしくしてやると、女神のごとく慕ってくるんだもの。ころりとね。なにも持たないくせに、なにもかもを差しだそうとしてくる。……それがきっと、さみしさを紛らわすのによかったのだわ」

帝《みかど》がもう訪ねてくることはないとわかっていたから、と奶婆は言う。

「とびっきりにやさしくしてやって、宦官が欲しがる言葉をかけてやるの。熱烈に愛されたら、玉堂で夫婦ごっこよ。玉堂を使ったのはきっと、主上へのあてつけだったのね。そうやって、もう何年もずっと遊んできたの。飽きたら捨てる。宦官はいくらでも湧いてくるもの」

だからきっと、晒《さら》された遺体は吐きかけられたつばにまみれているにちがいないわ、と奶婆は息を吐いた。

「……愛が欲しい、すべては愛のため、そういつも言ってらしたわ。後宮に閉じこめられた時点で、愛なんて永遠に手に入らないのだと、あたくしはなんども諭したのだけれどもね」

「でも、大海さまのことは本気で愛されたのでしょう？」

「そうね……理解はできないけれど。でもお似合いの末路だったのかもしれないとも思うの。業がかえってきたのだわ、因果応報。さんざん玩具《おもちゃ》にした宦官という存在に、最期は恋狂って終えたのだもの」

奶婆はしゃべりながら立ちあがった。仕事にもどるのだ。

「じゃあ、ありがとう。いつまでも休んではいられないわ」

「どうかご無理はなさらずに」

持ち場まで送る。

煮えたぎる甕《かめ》のまえにつくと、奶婆は魂が向かうという北の空を眺めた。

「……きっとお嬢さまは、せっかく手に入れた愛を失いたくなかったのね」

「愛、ですか」

「そうよ。あの子のなかにも、愛なんてずっと存在しなかったから。自分のなかに初めて芽ばえたものを、永遠にしたかったのかもしれないわ」

そう、彼女は長嘆息した。

＊＊＊

「――死後に刺された、ですか？」

華允は怪訝《けげん》そうに瞬《まばた》いた。

馮充依と大海の遺体が刑辟《けいばつ》官によって回収されたあと、掖廷《えきてい》署にもどってからのことだ。

延明は几《つくえ》に検屍《けんし》記録をひろげ、さきほど書き足されたあらたな所見を指先で叩《たた》いた。

「そうです。刃物がつき立っていた傷口ですが、ひろげて確認したところ、肉の白い断面が確認できました」

遺体が回収される直前、華允が落とした木簡を見て、ふと思い立ったのだ。あれをうすく削って刺創に差し入れれば、傷の深さが測れると。

せめてそこまで調べてから引き渡そうと考えたのだが、実行しようとして妙な点に気がついた。肉の断面に、出血の痕跡《こんせき》がなかったのだ。

大海の胸は皮肉がすっかり焼け縮んでいたが、刺創は非常に深かった。その奥底まで木簡を差し入れても、出血の痕跡が見られないのは異常だろう。

生前の傷ならばすべて出血を伴い、死後の傷ならば血流がないのでただ白いだけ、そう学んだばかりだ。

「心臓を深々と突かれても出血をしていないなら、そういうことです。大海の死因は刃物による刺創ではないということになります」

「それはつまり、刃物が偽装であると？」

「偽装……そうですね、そう見るのが妥当でしょう。ほかの手段で殺害され――」言い止《さ》して、延明は言葉を変えることにした。桃花ならきっとこう言う。「ほかのなんらかの要因で死亡し、その後、刃物を刺されたということでしょう」

死因がわからないのだから、殺害されたと勝手に断定してはいけない。

だが公主の訴えのとおり、馮充依が起こした無理心中という判断には大いに疑問が出てきた。

「もはや調べようもないことですが、馮充依のほうも死因は縊死《いし》ではなかったかもしれません」

遺体は回収された。大海については被害者であるという訴えもあり、また、弟の小海が金を出したようで、土中に正しく埋葬される手はずにはなっているようだ。

だが、肝心の馮充依の遺体はどうしようもない。すみやかに北の市にて晒《さら》されていることだろう。急ぎ執行停止の要望を出すが、それが受理されて遺体が掖廷にもどってくるころには……どれほど検屍不能な状態になっているかわからない。

「延明さま、ふたりの死体無しに、今後はどのようにして事件を調べるのですか？」

華允の問いに、延明も頭を悩ませるしかない。

「……いったん、死因は置いておくしかありません。べつの観点から調べを進めるよりほかないでしょう」

「べつの観点ですか」

「現在たしかなのは、ふたりは火災のまえにすでに死亡していたこと。馮充依は玉堂の鍵《かぎ》を持っていたこと。大海は死後に刃物を刺されたということ。そして、刃物は現場から調達され、縄はわざわざ持ちこまれていたことから、玉堂内部をよく知る人物が関わっているということ、この四つです」

この四つから、なんとか打開していくしかない。

「では、死後に刃物を刺したのは、やはり無理心中にみせかけるためとみていいでしょうか」

「まっさきに考えられるのがそれですね。ふたりを殺して無理心中に偽装をすることで、自分の犯行を隠した……」

「じゃあ、つぎは怨恨《えんこん》関係の洗い出しですね」

華允があまりに一丁前な言いかたをするので、延明は苦笑した。

彼はあくまでも延明が個人的に抱えている雑員にすぎないが、もはや正規官のようなふるまいだ。

働きぶりもいまのところ問題がなく、愚鈍ではない。もうすこししたら、員吏のひとりとして正式に登録してもよいかもしれない。

「延明さま？」

「なんでもありません。——ところで華允、なぜ死後なのでしょう？」

「はい？」

「ふたりに強いうらみがあり、殺して無理心中に偽装しようと考えた犯人がいたとします。ではなぜ、死後に刺す必要があったのでしょう？　私はこれを非常にふしぎに思います。なぜ犯人は、大海をそのまま刃物で刺して殺さなかったのか、と」

「……なぜ死後なのか……たしかにそうです」

華允がうつむくように考えこみ、はっと顔をあげる。

「じゃあ、刃物の準備が間に合わず、あわててそのへんにあった他物……壺《つぼ》ですとか、置物ですとか、そういった鈍器で殴って殺してしまったというのはどうですか？　そこでしかたなく死後に刃物を──」

「それならそれで、撲殺のままでよいのでは？　死んでから刃物をわざわざ刺しておく必要はないと思いませんか？　それに、死に至るような頭部の損傷はなかったように思います」

言うと、華允はむずかしい顔で黙ってしまう。

延明とて、いますぐに答えが出るとは思っていない。しかしこの謎さえ解ければ、犯人に大きく近づける鍵となるような気もしている。

「とにかく、刃物が偽装であることは間違いないのですが、これを単純に無理心中への偽装と解釈をするには、やや犯人の行動に疑問点がのこります」

「仰《おっしゃ》るとおりです」

「ですが偽装である以上、怨恨関係の洗い出しは必要です。──華允、副官をここへ」

副官がやってくると、彼にも刃物の問題について説明し、かつて馮充依と関係のあった宦官《かんがん》を中心に、怨恨関係を調べてくるように命じた。

ようやく落ち着き、溜《た》まってしまった事務処理にとりかかる。

もうすぐ夏至なので宮中の行事も多く、やりとりしなくてはならない文書が山のようにあった。

仕事に集中していると、しばらくして墨が切れた。小間使いの童子が補充しているあいだ顔をあげると、華允が筆記席でぼうっとしているのが目に留まる。

さきほど評価したばかりだったので、落胆した。

「華允、肥溜《こえだ》め掃除に異動したいと見えますね」

「愛のため……」

「は？」

「いえ、すみません。これ、なんだかせつない言葉だと思ったので」

これとはなんだと目で問うと、華允が浄書中の調書を持ってきた。

馮充依の奶婆《うば》のものだ。

「宦官とのお遊びをやめない馮充依をいさめると、馮充依はつねづね口にしていたそうです。『すべては愛のため』と。……なんだかこう、大家《ターチャ》の寵愛《ちょうあい》を失ってから、ただ愛に飢えて苦しんでたのかなと思うと憐《あわ》れだな、と」

「寵愛など、うつろうものです。無聊《ぶりょう》を慰めるための道具にされた宦官たちの身にもなってみなさい。どこが憐れでしょう」

捨てられた女が、今度は宦官を玩《もてあそ》んでは捨てていたのだ。同情の余地などあろうか。

だが華允は「え?」と目を丸くした。

「それはそれでいいんじゃないですか?」

「華允?」

「おれたちなんて、ただ飢えずに死なずに生きていられれば上々の奴隷じゃないですか。延明さまはちがいますけど、おれたちみたいに生まれてすぐに捨てられたようなのは、それだけの人生です。一時でも夢が見れたなら、そいつはそいつできっと幸せ者なんだと思います」

なにかを言いかけ、延明は口をつぐんだ。視界に入るのは、生爪をはがされた彼の指だ。いまは薬をぬって布を巻いてやっているが、まだときおり血がにじむ。

十代の少年がこれまで受けてきた数えきれないほどの痛みを思うと、言葉が出なかった。

延明は二十歳で浄身となったが、華允は物心ついたときにはすでに奴隷だったのだ。

まだどこか野犬のような雰囲気が消えない彼の目を見つめる。その奥にはやはり、これまでの生活できざまれたであろう、深い闇が凝《こご》っている気がした。

＊＊＊

その夜、運んだ糸が少なかったとして、夕食のあと桃花は甘甘に呼びだされた。籠《かご》を背負って、いまから急ぎ運んでこいという。

才里はその命令にひどく憤慨していたが、桃花は甘甘の微妙な表情でわかった。これはきっとあれだ。

「――迷惑だ、と言いたいのでしょう？」

月影の下、これでもかとばかりに微笑む相手を見て、桃花は深く深く息を吐いた。

「わかっていて、なぜこのような呼び立てをなさるのでしょうか……」

延明の配下につれられてやってきたのは、回青園《かいせいえん》――橙《だいだい》や橘《たちばな》の植えられた園林だった。

白い花と大ぶりの橙が月光でほのかに輝くなか、待ちかまえていたのは予想どおりの人物――孫延明だった。狐精とも評される妖《あや》しくうつくしい容姿だが、柑橘《かんきつ》の清涼な香りがふしぎとよく似合っている。

「わたくし、寝るところだったのですけれども」

「それは失礼。しかし夜の散歩はお好きでしょう。ご一緒にいかがかと」

夜警のときのように、と延明が手提げ灯ろうを掲げて言う。

たしかにきらいではないが、いまとあのときとでは状況がちがう。あのころは昭陽殿から出歩くことがほとんどなかったせいで運動不足だったが、いまは労働者だ。相応につかれているし、眠い。

「……検屍《けんし》のご依頼ではないのでしたら、帰りたいのですけれども」

「ではすこし歩いてから、お送りしますよ」

にっこりと笑んで延明は歩きだす。

どうあってもつき合わせるつもりらしい。ここまで案内してくれた宦官が周囲の見張りに向かったのを確認して、しかたがなしに桃花も歩き出した。

「この時期はよい季節ですね。虫はまだ少なく、夜は過ごしやすい」

「月が朧《おぼろ》でないのがよいですわ」

乾燥した京師《みやこ》の風も夜だけはわずかな湿り気を帯びていて、肌に心地よい。

延明は「そうですね」と笑んだあとは、黙したままゆっくりと散策する。

延明がなにも言わないので、桃花もそのままうとうとしながら歩いた。

ときおり夢うつつに、生家の裏に植えられていた甌柑《おうかん》の木を思い出した。実がなっては祖父が皮を蜜《みつ》漬けにして食べさせてくれたが、あれは苦くてちょっぴり苦手だった。

延明が先日持ってきた山芋の菓子のほうがずっとよい。

「食べもののことを考えていますね？」

「まったく考えていませんわ」

「うそ仰《おっしゃ》い。橙の実を穴が開くほどじっと見ていましたよ。柑橘がお好きですか？」

くすり、と延明が笑う。妖しさのない、年相応の素朴な表情だ。

「べつにあれを食べたいと思ったわけではありません。ただ、この香りを懐かしく思っていただけですわ」

「香りというのはふしぎですね、場所や人物に紐《ひも》づいて記憶にのこる。私は、桃花さんを見るといつも白梅の香りを思い出します」

「桃なのに梅ですか……」

「それほど、あなたとの花見は印象的であったということです。あなたは私の印象などどうせ、笑顔の嘘くさい迷惑な人物、程度にしか思っていないのでしょうが」

「そのようなことはありません……と言いたいところですけれども、あながちまちがってもいないような」

正直に答えると、延明はこいつ信じられないとでも言いたげな目で桃花を見た。

自分から言ったのに理不尽だ。

「そのような目をなさらないでくださいません？　嘘くさい仮面以外にも、ときどき見せてくださる延明さまの正直な表情も知っていますし、迷惑な呼び立てをされるのはとてもいやですけれども、わたくしに検屍をさせてくださることにはいつも感謝をしているのです」

そう告げると、延明は桃花を凝視した。意外だったのだろうか？

彼が桃花に検屍を依頼してくるということは、それだけ検屍官としての知識や腕を信頼してくれているということだ。それは率直に、うれしいと思っている。

「……そう、ですか……。ただ呼び立て方法については、私だけの問題ではありませんよ。娘娘《ニャンニャン》のもとで働いてさえいただければ、このような方法もとらずにすむのです」

「それはできかねますわ。勢力争いの渦中にはいられませんもの。連座で投獄されてしまえば、後宮の外に出て検屍官をたらしこむという目標が叶《かな》えられません」

そうやって検屍官の妻か妾《めかけ》の地位におさまり、うまく丸めこんで現場入りするというのが桃花の人生の目標なのだ。

「目標――目指すさきは遠いですね、おたがいに」

延明は、どこか苦しそうに遠くの月を見つめる。

「私など、身をふりしぼる思いで外へ出たというのに、こうしてふりだしにもどってしまっています」

「いけませんか」

「いけなくはありません。実際、外へ出てのひと月半、私には何もできませんでした。後宮のほうが、よほど為《な》せることがあります。先日のあなたの言葉も、うれしかった」

うれしかったと言いつつ、延明は片手で顔を覆った。わずかに見えているのは深い苦悩の表情だ。

「……でも私は、どこかで安堵《あんど》したのです。決心がついたなどと口では言いながら、外朝職がよかったなどと言いながら、この閉ざされた内廷へもどってきたことに。……それは、それだけは、いけません」

「延明さま」

桃花は足を止めた。

「いけなくはありませんわ。人の心は鉄ではありませんもの。複雑であり多面的なのですから、それでよいのです……なんて安易なぐさめにしかなりませんけれども」

言いながら、ふと桃花は思った。延明の目標とはなんなのだろう、と。

内廷では為せず、宦官《かんがん》であるとの謗《そし》りをうけながらも、外で出世せねば叶えられない目標だという。

これほど苦しみながら、それでも向かう目標とは？——桃花はこのときはじめて、延明について興味を覚えた。

「あの……」

「桃花さん」

「……はい」

「あまり私を甘やかさないほうがよい」

桃花は瞬《まばた》いた。甘やかしているだろうか。むしろ邪険にあつかっている気がするのだが。

「私など、実はたいしたことはないのです。親に望まれて生まれ、きびしくもやさしい両親や、たくさんの家族にかこまれて育ちました。冤罪《えんざい》にてみな世を去り、私が腐刑を受けるまでの二十年間です。――二十年も、私はひとりの人間として生きることができていました」

延明はそう話しながら、植えられたばかりの橘の幼木を見おろした。

まだ延明の胸ほどしかない幼木だ。だれかの姿と重ねているのか、そっと葉をなで、悲しげに目を細める。

「しかし多くの宦官はそうではない。物心つくまえに親に捨てられ、売られ、否応なしに奴隷とされ、家畜とされるのです。親の愛も家族の愛もうけることなく、侮蔑《ぶべつ》にまみれて生涯を終えます。愛とは、温《ぬく》もりとは何かすらも知ることのない、労働ただそれだけの人生です。そういった者が、ここにはあふれている」

「……愛も温もりも知る延明さまは、だからつらいなどと思ってはいけないと？」

「私など、よほど恵まれているのです。それをこの世で最も不幸であるかのような顔をするのは」

「それはちがうのではないでしょうか」

幼木についていた害虫を払い、桃花は延明を見あげる。

「幸福や不幸は他人とくらべるものではありませんでしょう？　幸福はどんなに小さくとも、それを得た本人がそれをよろこばしく思えばそれでよいのです。もっと幸せな者がいるからといって、その幸福がなくなるわけではありません」

「しかし」

「不幸とて同様ですわ。もっとつらい者がいるから自分はまだ頑張れる、だいじょうぶであるとおのれを奮起鼓舞するのはよいと思います。けれども、不幸の大小をくらべて、そのつらさや苦しみを量ってはいけません」

桃花は延明の胸に手をあてるかわりに、自分の胸に両手をかさねる。

「その胸の苦しみは、つらさは、不幸の大小によりません。深く刻まれた傷は、他人とくらべれば消えるものでもありません。痛いものは痛いのですから、なんら恥ずべきことではありませんわ」

延明は、くしゃりとそのうつくしい顔をゆがませた。

苦しげに、震える指先を桃花の顔へとのぼす。

「桃花さん……」

「はい」

「……頬にたっぷり豆豉《トウチー》がついています」

ごし、と強くぬぐい取り、延明は深くうつむいた。肩が震えている。くつくつと笑っているのだ。

「まったくなんですか、あなたというひとは、こんなときに……！」

「こんなときと言われましても困ります。夕食を食べたばかりなのですもの。さいきん疲れているせいか、食事のなかに伏すことが多いのですわ」

「よく見れば韮《にら》もついてるではないですか、韮が……韮とは！」

まだ笑っている。亮と仕事をするわけではないので才里に確認をしてもらわなかっただけだ。

延明はそうしてひとしきり体を折り曲げて笑ったあと、ようやく顔をあげた。どこかすっきりとした表情だ。

大丈夫そうだと判断して、歩きはじめる。

「わたくし、そろそろ帰ります」

「では、最後にすこし相談がありますので歩きながらきいて下さい」

「内容によりますけれども」

「検屍《けんし》に関することです」

切り替わった真剣な表情に、桃花も気が引きしまる。

散策は建てまえで、きっとこちらが本題だったのだろう。

「おうかがいいたしますわ」

「死体がないので、知恵だけをお借りすることになってしまって恐縮なのですが」

延明は前置きをしたあと、遺体発見の状況から説明をはじめた。

無人と思われていた玉堂から発見された、馮充依と大海による無理心中の件だった。

「遺体は玉堂にて、折り重なるように倒れた状態で発見されました。どちらも焼損がはげしく、ほぼ炭化状態。しかし鼻孔口腔《こうこう》に煤《すす》がないことから、死後に火にまかれたものであることはまちがいがありません」

遺体の状態を思い出したのか、延明は表情を曇らせ、片手を口もとにあてた。

身元は馮充依、そして大海という宦官であることはまちがいないという。

馮充依の首からは食いこんだ縄が発見され、そのうえの梁《はり》には縄をくっていた痕《こん》跡《せき》があったことから、縊《い》死《し》。そして大海の胸には深々と刃物がつき立っていたことから、刺殺。まずはそう判断されたという。

「また、四つの点から、これは馮充依による無理心中であると結論づけられました」

その四つとは、
かつてふたりは玉堂にて不貞を働いたことがあり、その後は馮充依による一方的な強い執着があったこと。

縄は外部から持ちこまれ、刃物は玉堂にあったものが使われていたことから、玉堂をよく知る人物による犯行であると推察されること。

封鎖状態にあった玉堂の鍵《かぎ》を持っていたのは馮充依であること。

馮充依は秘密裏に玉堂をよくつかっていたこと、だという。

しかし、と延明は思案するように眉《まゆ》をよせた。

「大海の胸の刺創を確認したところ、出血の痕跡が目視できませんでした。刺創の肉は、白かったのです」

「……つまり、刃物は死後に刺されたものである、と？」

「おそらく。——こういった場合思いつくのは、これらは第三者による殺人であり、ふたりの無理心中は偽装であるという推察なのですが、どうにも腑《ふ》に落ちません」

「なぜ刃物を死後に刺す必要があったのか、ですわね」

「はい。無理心中に偽装すればよいだけの話なのですから、刺殺でなくともかまわなかったはずなのです。撲殺でも、絞殺でも。それを、死後に刃物をつき立てる必要がどこにあったのか……」

ただ、頭部が変形するような撲殺の痕跡は見受けられなかった、と延明は説明した。

どう思いますか、と延明は桃花をあらためて見つめた。

「それとも、刺創の件は私のまちがいなのでしょうか？　あるいは、撲殺の痕跡を私たちが見落としてしまったのか……。桃花さんの考えをうかがいたい」

桃花は情報を吟味するようにあごに指をあて、軽くまぶたを伏せた。

「刺創奥まで見て、それでも白かったようでしたら、それは死後の傷ですわ」

「では……」

延明はいっそう謎の深まった表情をする。

桃花は視線をあげた。

「死後に刃物をつき立てておく必要に関しては、いくつか考えられると思います。ぱっと思いついたのはふたつだけですが……。ひとつ目は、ふたりを殺害して無理心中への偽装をしている際、火がせまってきたことから、痕跡がわかりやすくのこる方法にしようと考えた、です」

その場合は、大海はべつの方法で殺されていたことになる。頭部損傷がなかったという話を信じるならば、絞殺だったのかもしれない。

大海の首を絞め、その縄で馮充依をも殺し、つりあげた。

ところが玉堂が燃えはじめたため、大海の焼損によって無理心中だと判断されなくなることを恐れ、刃物をあらためてつき立てておいた。

「桃花さん、もしそうであったなら、大海の検屍をすれば絞殺であったと判明しそうですか？　遺体は弟の手配によって埋葬されているはずです」

「城外ですので、わたくしが赴くのは難しそうですわ」

李美人《りびじん》のときとちがい、一宦官《かんがん》のために桃花を城外へ連れ出すことは難しいだろう。

「調べるべき点をご教授いただければ、私が行ってきましょう」

「必要であれば、いくらでも。ただ、焼損の程度がわかりませんので、現段階で確実なことはなにも申しあげることができません。――そしてふたつ目ですけれども」

「はい」

「大海さんを他殺に見せかけるため刃物をつき立てた、ですわ」

「……は？」

「延明さま。わたくし、玉堂に行きたいのですけれども」

調べたいことがある。

桃花は、そう延明に告げた。

＊＊＊

翌朝。

延明は華允を供に、全焼した玉堂のまえに立っていた。

黒く炭のようになった嬖幸《へいこう》の施設からは、かつての優美な姿は想像もできない。いまはただ静かに朝日に照らされながら、火事後独特の異臭に包まれていた。

「筆のたぐいは私が。それ以外、すべて持ちましたね？」

「はい。でも延明さま、もう遺体もないのになにをするんですか？」

荷物係りの華允が怪訝《けげん》な顔をしたところで、ちょうど延明の配下がやってきた。伴っているのは若い官奴《かんど》だ。

「朝からご足労、感謝します」

官奴の姿に身を包んだ桃花に、小声でそう声をかける。

桃花は困り顔で延明を見あげた。

「……亮さまという方が、腹痛なのです」

「おや、それはそれは」

「荷車を牽《ひ》いていたら、猛烈にお腹が下りはじめたそうですわ……。ですので、ちょうどたまたまとおりかかった親切な方が荷車牽きを代わってくださったのですけれども」

桃花が言うに、そのちょうどよく現われた代理と糸の運搬をしていたら、謎の小屋に連れこまれ、着がえさせられ、あれよあれよとここにたどりついたのだという。

満足をこめて延明は微笑んだ。

「定刻の到着ですね」

「わがままを申すようですけれども、つぎからはもっと穏便に連れ出していただけますと、とてもうれしいのですけれども」

「さて？　これでも穏便極まりないのですが」

ひとまず桃花の希望は承知したと答え、玉堂のなかへと案内する。華允には、もし崩落の予兆があったなら、まっさきに検屍《けんし》官を助けるように命じた。

足を踏みいれると、黒く焼け焦げた玉堂は無残なありさまだった。

貴人の居場所というのは牀《しょう》が敷かれ、一段高く板敷がつくられているのだが、それらは焼けてもろく炭化し、うえを歩くことができない状態となっている。遺体発見現場までは、それらを上手《うま》くよけ、あるいは踏みならした足場を慎重に進んだ。

「――桃李、こちらです」

たどり着いたのは、かつて妃嬪《ひひん》の潔斎の場だった手狭な房《へや》だ。

この隣にはささやかな竈《かまど》などがあり、帝《みかど》がここで休むときに軽食や茶を出せるようになっていた。ここにつながる裏口があったのだが、そちらはすでに崩落していた。

「おそらく、ここは梁《はり》がむき出しなので使いやすかったのでしょう」

梁までは高く、一丈半近くがあった。

天井を見あげる桃花に、敷居を見てくださいと下を指さす。

「縄は梁に投げるようにしてかけたと思われます。その一方を敷居に結んだ形跡が。そしてこちらが遺体のあった場所です」

延明はつぎに、石灰で白く人形《ひとがた》に囲まれた場所をしめした。近くには、まっ黒に燃えのこった大型の調度類がいくつか置かれていた。階段状になっていたことから、これらが足場に使われたと推察される。

潔斎房は、薄石で舗装されたうえに毛足の長い敷物が敷かれていたはずだったが、いまや灰となって跡形もない。

桃花はしるしのまえにかがみこみ、「毛扇《うちわ》を貸してください」と言った。事前に準備するように言われていたものだ。

華允が荷から取り出して渡すと、桃花はそれでしるしのついた床をあおぎ、灰をどかせた。

「どちらが、大海さまですか？」

「右です。記録によると、仰向けに倒れていたようです。馮充依はその下腹部あたりに肩と頭をのせ、首を大きく傾けているような状態で」

「では、刺されていた胸というのはこのあたりですね。——米酢を」

桃花から指示されていた、濃厚な米酢の入った瓶を渡す。

「延明さま、これから念のため確認をいたします。大海さまの刺創が死後であったのか否かをです」

「遺体がなくともそんなことが？」

「可能です。ここで刺され倒れていたのでしたら、血が地面にしみているはずですので、それを検出することができます」

桃花は言い、灰を掃《はら》った床に米酢をふりかけた。

延明と華允も固唾《かたず》をのんでそれを見守る。

「…………どう、なのです？」

「でません。ここに血液の反応はありません」

「では、やはり」

大海につき立てられていた刃物は、まちがいなく死後に刺されたものだったのだ。

「まだです。延明さま」

桃花はつぎに、大海の遺体があったのとは異なる場所へと、広範囲にわたって米酢をふりかけた。

「桃李、いったいなにを……」

「あっ！　見てください！」

華允がおどろきの声をあげた。

延明も目をみはる。

米酢がふりかけられた床の一部に、突如として赤い色が浮かびあがったのだ。まるで奇術のようだと延明は思った。

「……鮮やかな赤色だ……」

「これが、血液ですわ」

桃花に言われ、延明たちはまじまじとそれを見つめる。

だが、おかしい。

「桃李、どういうことです？　これは、この場所は、馮充依の身体の下では……!?」

それは倒れていた馮充依の足のあたりだったのだ。

なぜ、大海ではなく、馮充依のほうから出血の痕跡《こんせき》があらわれるのか。

「延明さま、昨夜わたくしが申しあげた、可能性のふたつ目を覚えていらっしゃいますか？」

「ええ……大海を他殺に見せかけるために、死後に刃物を刺した、と」

「はい。おそらく、そういうことなのだと──あ」

「なんです？」

「……申しわけないのですけれども、準備物をひとつお伝えするのを忘れていました
わ……梯子《はしご》がありません」

天井を見あげ、「梁を見たい」と桃花が言う。

急ぎ華允に取りに行かせているあいだ、延明は詳しい説明を桃花に求めたが、梁を見てから話したい、と頑として首を縦にふらなかった。

延明はもどかしく思いながらも、言われたことを頭のなかで整理する。

大海の死因は刺殺ではなかった。

刃物は死後に刺された。死体だったので、出血はない。

出血していたのは馮充依のほうであった。

──つまり、刺されていたのは馮充依だった。いや、だが馮充依の首からは縄が……

…それも偽装なのか？　刺したあと、縄で吊《つ》りあげた？

だが、なぜ？

ふたりを殺して無理心中に見せかけた、というのならわかる。

犯人が嫌疑から逃れることができるという、大きな利点があるからだ。

──だがこの偽装の利点はなんだ？

華允が梯子を抱えてもどってきた。

さっそくそれを梁にかけ、延明たちが支えるなか、桃花がのぼる。

確認していたのは馮充依の上、そしてさらに移動して、大海の上にいたるまでだ。

煤《すす》だらけで降りてきた桃花は、延明にも梁をおなじように確認してほしいと言う。

延明は梯子をのぼり、黒く煤だらけになった梁を舐《な》めるように調べる。

あっと思ったのは、梯子を移動させ、大海の上にあたる箇所へのぼったときだ。

「これは……大海の上にも、縄の痕《あと》があります……」

ゆっくりと梯子をおりると、華允が「さっぱりわかりません」と説明を求めてきた。

延明は考えながら、くちびるを舌で湿らせた。おそらく、

「首を吊っていたのは大海、ほんとうに刺されていたのは馮充依、ということですね？　桃李」

それを何者かが逆になるよう偽装した。

延明にわかるのはここまでだ。

「ええ。わたくしは、そのように考えています」

「いったいここでなにが……？　なぜ、だれがこのようなことを……」

「延明さまは、昨夜のわたくしとの会話を覚えておいでですか」

目を丸くしながら、「ええ」と答える。

桃花はいったいなにが言いたいのか。

「ではこれは、愛とはなにも親からもらうばかりではないという証しでしょう。だれにあたえられずともきっと、心に芽ばえるものなのですわ」

言うと、桃花は参考人への聴取を乱暴にしないようにと延明に願った。

物言わぬ死者から真実を奪うことは許されざる行為だけれど、悪意あってのことではないのだ、と。

「――だってこれは、愛による罪なのですから」

＊＊＊

――夏至まで、あと何日か。

体感としてはもうとっくに過ぎているような気がした。

掖廷令《えきていれい》着任から、怒濤《どとう》の忙しさではないだろうか。

華允が浄書した報告書を確認し、封泥をほどこして、関係部署に送る。馮充依が起こしたとされていた無理心中事件の最終報告書である。

これが読まれれば、馮充依の遺体もようやく棺《ひつぎ》のなかで眠りにつくことができるだろう。

「こんな遅くまでご苦労なことだな」

官印を置き、伸びをしたところで声をかけられた。点青《てんせい》だ。

いつの間にか中堂《ひろま》に入りこみ、寝ころんでいた。

「おや、間男はきょうも寝所に居づらいのですか」

「間男じゃない」

口をとがらせる点青は無視して、文具を片づける童子に早く休むように言った。

「きいてくれよ」

「いやです」

「大家《ターチャ》だがな、おなじ屋根の下で休む娘娘《ニャンニャン》じゃなく、その若い侍女のほうに鼻の下をのばしてやがるんだぞ。いたたまれない」

「……口を慎みなさい」

いやだと言ったのに吹きこまれた愚痴に、延明は眉間《みけん》をおさえた。

「尊き御方に対して、やがる、とはなんです。内廷でどの貴人や婢女《はしため》を侍しようとも大家の自由ですよ」

ただ婢女の場合は多くが記録にのこらず、また、乱暴な堕胎の末に結果として始末されてしまうだけだ。今回は侍女だというから、家門に問題はないだろう。

「自由なものか。妃嬪は外朝勢力と表裏一体だ。どの妃嬪をそばに置くかで、大家の実権が決まる」

「ではなにかお考えがあるのでしょう」

「ところが、そういう感じではないから腹が立っているんだ」

ああそうですかと適当に流し、油燭《ししょく》を消して中堂を出る。

すでに空には星がまたたいていた。

「老猫のところに行くんだろ」

「それがなにか。礼を言わねばなりません」

「ま、娘娘と太子のためにはなったな。これで梅婕妤《しょうよ》派から側室が送りこまれてくることはなくなったわけだ。向こうが約束を守ってくれればの話だがな」

「守らなかったら、それはそれでまた交渉材料に使えますからよいのです」

「しかしまさか、無理心中の入れ替えが行われていたとはなぁ」

「愛がゆえ、とのことですよ」

なぜかついてくる点青を追い払うのはあきらめて、控えていた部下たちに指示を出しながら歩く。

「兄弟愛か。俺にはわからん感情だな」

重要参考人として取り調べを受けたのは、織室丞《じょう》の小海だった。

「兄弟ではなく、正確には『契』というのだそうですよ」

義兄弟でもなく、契兄弟――閩《ビン》とよばれる地域の奇習なのだと小海は言った。

閩のなかでも海沿いの地域では、海賊も含めて船乗りが多い。しかし船に女は乗せられないことから、古くより男色が習わしとしてあるのだという。そうして男同士で婚姻を結んだもので、年上を契兄、年下を契弟と呼ぶのだとか。

『僕と兄さんはおなじ閩の出身で、幼いころこの内廷で知りあってからは、ずっと支えあって生きてきました。僕を契弟としてくれたのは四年ほどまえのことです』

思い出を慈しむように、小海は語った。

では去年、馮充依と大海が不貞の仲となったときはどうしていたのか。契兄《こいびと》の浮気《うわき》を許せなくてふたりを殺したのではないのか――念のためそのように尋問すると、小海は首をふった。

『妃嬪《ひひん》に迫られて、すべてを拒否できる奴隷などいましょうか。兄さんは、望んだことではないのだと僕に説明していました。馮充依にとってはただの遊びにすぎないのだから、距離を置いているうちにすぐに飽きて忘れられるだろうと。だからだいじょうぶだと。僕はそれをずっと、そう信じていたのです……』

真実を知ったのは、大海の死を知った瞬間だったのだ、と小海はさみしそうに笑った。

『契兄弟というのはちょっと特殊なんです。契の相手とはべつに、女性との婚姻も認められています。だから、反対していたわけじゃない。隠さなくてもよかったのに。言ってくれればよかったのに。……口数の少ないひとだったから』

　小海は火災のあったあの日、大海の身を案じて捜しまわったのだという。死体を運ぶ車が行き来しはじめて、不安に駆られたらしい。

　夜空を染めるようにごうごうと炎があがり、火の粉が舞うなか、小海は大海の姿を捜しまわった。舎房にはいない。仕事場にもいない。大海の同僚にきいてもわからない。

　焦る中、ふと思いついたのが十四区だった。馮充依は大海に執着していたから、もしかしたらと思ったらしい。

『そうしたら、馮充依の姿もなかったんです。だから、玉堂を見に行きました。兄さんは以前、強引に玉堂へと連れこまれましたから』

　おどろきました、と小海は顔を皺《しわ》くちゃにした。

『裏口から入った瞬間、足が、目のまえで足が宙に浮いていました。兄さんが……首を吊《つ》っていたんです。馮充依は近くで胸を刺されて、血だまりに倒れていて……』

　そこからしばらく、記憶がないのだという。

『縄を切って兄さんをおろして、ただただぼう然としていたんだと思います。兄さんはあまりにひどい顔で……。知らなかったんです。ずっと、兄さんは馮充依に迫られて迷惑をしているのだと思っていました。でも、ちがったんですね』

小海は、ふたりが——大海が無理心中を図ったのだと理解した。

距離をとろうとしたのは、むしろ執着があったからかもしれない。そう小海は言った。妃嬪への恋など、ましてや馮充依への恋着など、あまりに無謀すぎたから。

実際、大海のほうが執着をしているのだと、そういう話を友人らからきいたこともあったのだと、小海は語った。

『気がついたら玉堂の屋根がぱちぱちと音を立てていて、ここも燃えるんだと思いました。……それで、一気に現実に引きもどされたんです』

自然と体が動いた、と小海は供述している。

『妹がいるんです。兄さんには、故郷に自慢の妹が。自分が食えないようなときでも欠かさず仕送りはつづけていて、大事にしていた妹なんです。それに妃嬪を殺した罪人では、首は市に晒《さら》され、死体は荒野にうち捨てられてしまいます。それでは来世すらありません』

宦官《かんがん》にとって、この世は生き地獄だ。

だからこそ、せめて来世でこそ、人間として生まれて人間として生きたい。そう渇望する。それだけが生きる目標である宦官も多い。

『許されざることです。わかっています。でも、やらずにはいられなかったんです』

どうせ燃えてしまうなら、と。

現場に、あまったらしき縄束が落ちていたのも、その思いを後押しした。

小海は馮充依の胸にあった刃物をぬき、大海へとつき立て、馮充依の遺体を難儀しながらもつりあげたのだという……。縄の端は、敷居についていた跡に重なるように努力した。

妹が連座とならないように。

来世でふたり、また会えるように。

会えなくともせめて、大海が来世で人間として生きられるように。

「すべては愛する大海のために、ですか……」

だが小海のしたことは許されざる行いだ。

彼は自供にくわえ、証拠品を提出していた。大海が使用していた縄だという。燃えることはわかっていたが、そのままのこしてくる豪胆さはなかったらしい。

これにより小海は投獄され、きびしい杖刑《じょうけい》を受けることとなっている。

「だがかわいそうにな。せっかくの愛とやらもこれで水泡に帰したわけだ。『宝《パオ》』をもどされ埋葬されていた大海は掘り起こされ、首を刎《は》ねられ晒《さら》しもの。来世も無しだ。大枚はたいて手配したんだろうに」

「しかたがありません。正しい道にもどっただけです。大海にとっては覚悟のうえの無理心中だったのでしょうから」

そういえば、と点青がこちらを見た。

「覚悟のうえといえば、あの宦官はどうなった？　何日かまえに八区で首を吊って自害していた、金剛とかいうやつだったか。慈悲深い掖廷令《えきていれい》さまが、荒野にうち捨てられた憐《あわ》れな下級宦官の遺体をひろって埋葬してやるんじゃなかったのか。さっぱりうわさが聞こえてこないんだが」

「あぁ。それですが、見つかりませんでした」

「うん？」

「手配はしたのですが、遺体が見つからなかったのです。もしかしたら小海のように、だれか親交ある者がさきに埋葬の手配をしたのかもしれません」

「なんだ、惜しかったな」

「べつに惜しくはありませんよ。――では、よい夢を」

延明はさっさと帰れの圧をこめて笑み、点青を置き去りにした。

延明さま、とか細い声をかけられたのは、掖廷の門を出てしばらく歩いてからのことだった。

小間使いの童子が小走りで追いかけてきたのだ。

「どうしたのです。寝ていなさいと言ってあったでしょう」

延明は必要以上の労働を命じることはないが、それでも童子はまだ八つだ。幼い子どもにとってつらいものであろうし、育ち盛りなのだからたくさん寝なければならないと延明は思う。

「ちがいます」

「おなかが空《す》いたのなら私の室《へや》に水飴《みずあめ》があります。いつもの小棚のなかですよ」

思いつめた表情だった。

「あの、延明さまはどう思いますか……」

どうとはなにか。

数拍待ったが、逡巡《しゅんじゅん》するようにしてなかなかさきを話さない。

口を開きかけたところで、童子がようやく言葉をつむいだ。

「華允さんのことです」

「華允がどうしたのです？」

「ぼく……やっぱり、なんでもありません……！」

童子はきつく目をつむると、そのまま踵《きびす》を返して行ってしまった。

追いかけようとも思ったが、問い詰めて子どもの寝る時間を削ってしまってもよろしくない。

あしたにでも、それとなく華允のほうに探りを入れてみようと思った。

＊＊＊

「小海さんがねぇ……」

臥牀《ねどこ》にならんで腰かけ、寝るまえの髪の手入れをしながら紅子と才里がしゃべっていた。

手入れといっても、桃花の髪である。ふたりは自分の寝じたくはすでに済ませていた。なぜ……と思いながらも、抵抗が無駄だとは理解している。

「やさしいやつだったから、どうにかこっちにもどってきてほしいもんだよ」

「紅子、確認なんだけど、大海さんが馮充依を道連れにして自害して、それを見つけた小海さんが、大海さんをかばうために無理心中を逆に偽装した……ってことであってる？」

らしいよ、と紅子が答える。

「仲のいい義兄弟だったからね。罪だけども、小海らしいとあたしは思ったね」

「そっかぁ、じゃあ、亮さんが言ってたこともあながち間違いでもなかったってことなのね。なんか腹立つけど」

「なんで腹立つのさ。——あ、そうだ。このあと、あっちの明明《みんみん》たちのところで美容軟膏《なんこう》のおすそ分けがあるらしいんだけど、才里も行くかい？」

「行く！　桃花は？」

「……寝させていただきたいですわ」

でしょうねと笑って、桃花の髪を寝やすくまとめてから、ふたりはこっそりと出かけて行った。

それから入れ替えのように入ってきた人物に、思わず半眼になる。

いままさに寝ようとしていたのに、これはない。ひどすぎる。

「……このような時間に女性の房《へや》を訪れるのは、さすがに不道徳ではありませんか？」

おそらく、美容軟膏がどうこうというのは延明の手配だったのだ。才里たちの帰りはきっと、なんだかんだと遅くなるように仕掛けられているのだろう。

立腹そのままの声で言うと、延明は悪びれもせず、月に映える笑みを浮かべた。

「宦官に道徳などあるはずがないでしょう」

「そういう言い草は嫌いですわ。それで、どのようなご用件でしょう？　わたくし、早く寝たいのですけれども」

臥牀に滑りこみながら言う。延明はあきれた顔で腕を組んだ。

「そのような色気のなさで、どうやって検屍官《けんし》をたらしこもうというのです」

「そのときになったら自然とがんばりますから、よいのです」

「試科《しけん》を控えた太学生のようなことを……。たまには私相手に練習でもなさい」

甘くやわらかな微笑みで、延明は桃花の臥牀に腰を下ろした。

非常に邪魔だな、と思いながらあくびをする。

「わたくし、無駄な努力はいたしません。睡眠時間の無駄遣いですもの」

「ときどき見惚《みと》れるくらいはしてくれねば、この顔も無駄遣いというものです。ひと月に一度くらいは、生きた人間をしげしげと眺めるのもよいものですよ」

言われたからというわけではないが、桃花は起きあがり、じっと延明の顔をのぞきこむ。

眺めろだの見惚れろだの言っていた延明のほうが、狼狽《ろうばい》したようにわずかに身を引いた。

「……桃花さん？」

「延明さま、ずいぶんとお疲れのようですわ」

そういえば、いいものを持っている。

臥牀のすき間にごそごそと手をつっこみ、桃花はいくつかの薬包を取り出した。

「どうぞ。気血が整い、精が回復するそうです」

「……知っています。私があなたに渡した薬ですからねそれは」

がくりと延明はうなだれた。

「そうでしたわ。はやく処分してしまいたくて、ついうっかり」

暴室で受刑したあと、延明がやたらとたくさん送ってきたものだ。ほとんど才里にのませ、最近では元気のなかった小海に盛ったりしていたけれど、桃花は頑として口にしなかったので余ってしまっていた。

「傷がはやくきれいに治るようにと、風《ふう》にやられることがないようにと、かならず一日三回飲んでくださいと伝えたはずなのですが？　なぜそんなにのこっているのです」

「逆にききたいのですけれども、今後一切薬は飲ませないと約束したのではありませんでしたか？」

「それとこれとはべつでしょう！」

「べつではありません。薬など飲まなくともだいたい治りましたもの。お気持ちはいただきましたし、感謝だけ申しあげます」

だから返す、と言おうとしたが、据わった目をされたのであきらめた。

こんど弱った人を見つけたら押しつけようと心に誓い、片づける。

「まったくもう、あなたというひとは……」

「でも、お疲れに見えるのはほんとうですわ。はやく自室でお休みになったほうがよろしいかと存じますけれども」

「そうやってつねに私を追い払おうとしますね」

否定しにくいところがある。

「疲れているからこそ、仮面を脱ぎたいときもあるのですよ。しかし自室にこもっていては、話す相手がいません」

「延明さまでしたらお付きの小宦官《かんがん》もいらっしゃるでしょう」

「世話をする相手に弱みを見せてどうするのです。いまのところ、あなたしかいないのですよ……いけませんか？」

問われて、桃花は考えた。いけなくはないが、人に見られたくはない。

「半々ですわ」

「……正直な人だ」

「では、おやすみなさいませ」

「ですから、起きてくださいと。それに馮充依の事件についてもお礼を言わせていただきたい」

延明は一度立ちあがり、「感謝を申しあげます」とていねいに揖礼《ゆうれい》した。

「つきましては八区金剛《こんごう》の件とあわせまして、相応の金子《きんす》を用意しています」

「金子？」

「検屍の対価ですよ。以前、李美人の検屍の際にそういう話をしたでしょう。あなたは私の奴隷ではないのですから、それが正しい」

もう才里を助けることはできたのだから、いらない。そう言おうとしてやめた。あのとき困ったのは蓄財をしていなかったからだ。また必要となるかもしれない。

「助かりますわ」

「ですが、あなたに金銭をお渡しすると一晩で盗まれてしまいそうですので、借りという形にしておきます。入用のときにご連絡ください」

「わたくし、子どもではありませんけれども」

「大人でもありませんよ」

得意気な顔が、なんだか憎らしい。

「そういう延明さまはおいくつなのですか？」

ひとを子どもあつかいできる年齢なのか。そう思ってたずねたのだが、延明はおどろいたようだった。

「あなたが、私のことを知ろうとするとは……」

「おかしいですか？　先日お会いしたときには、ほかにも何かたずねようとしていたのですけれども」

「なんでしょう珍しい。寝てばかりでなつかない老猫が、ついに膝《ひざ》に寄ってきた気分です」

「なにをきこうとしたのかは忘れてしまいましたけれども」

延明はがくりと肩を落とした。

「記憶力まで老猫とは」

「ちがいます。また思い出しましたら、きっと質問させていただく機会もありますわ。ちなみに、入用のときに連絡をというのはどのようにでしょう？」

以前のような文のよこしかたでは、才里たちのかっこうの餌食《えじき》だ。

「こちらに連絡係りを置くようにします。おそらく今後も桃花さんに検屍をお願いする機会があるでしょうし、あなたも急ぎでなにか助けが必要なこともあるかもしれません。そういったときのためにも、たがいに連絡をとれるようにしようと思うのです。──わざわざ笞刑《ちけい》を受けにこられても困ります」

「延明さま、そのような顔をなさらないでください」

あれは桃花の都合であったのだ。責任を感じてもらっても、かえってこちらが困る。それを理由に薬を大量に送られてくるのもそうだ。

幸い、病を得ることなく傷はふさがっている。痕《あと》はのこるかもしれないが問題ない。

「自己責任ですわ」

「なにをばかなことを。それに、そのような顔とはなんです。あなたは私の顔など興味もないでしょう」

「返す言葉がありません」

「あなたは……。とにかく、私だけが一方的に連絡が取れる状態というのは改善します。なにかありましたらそちらに」

言って、延明は懐から小さな甕《かめ》を取り出した。

いま話していた連絡係りに関するものかと思ったが、蓋《ふた》をはずしてわかる。このつややかな黒い色、つぶつぶの果肉、そしてにおい。桑の実の蜜煮《みつに》だ。

「織室で働いていると、桑の実が拷問のようだときいたことがあります。たわわな実りを目にしながら、食べることが許されないのだと」

「それはそうですわ。禁園をはじめ、内廷のものはすべて主上の所有物ですもの」

妃嬪《ひひん》が管理する敷地内であれば妃嬪の許可がいり、それ以外のものは基本的には帝《みかど》の許可がいる。

桑の実は少府の庖人《りょうりにん》が収穫して行ったあとは、朽ちるに任せている状態だった。飢えた下吏たちが夜中に忍んで食べにくるらしいが、それも見過ごしてやれるのは地面に落ちたものを食べていた場合のみだという。

「安心してください。これは中宮の桑の木より許可を得ていただいたものです。匙《さじ》ですくって器にすこし入れ、白湯《さゆ》をそそぐとよい飲み物になります」

「白湯なら、ちょうどありますわ」

黒い果肉を匙ですくい、器ふたつに言われたようにつくる。

口にすると甘酸っぱい味が舌に広がり、果肉のさわやかな香りが鼻をぬけてゆく。どこかなつかしい甘さの、夏の到来を感じさせる味だ。

「……おいしいです。幼いころ、祖父がつくってくれたあの味です」

「祖父君とは、検屍官《けんし》であったという？」

「そうです。祖父は滋養によいものを食べるのが好きで、この季節はよく蜂の子やら桑の若葉やらを食べていましたわ。そうしてわたくしには、このように甘いものを」

「ああ、もしやどこか患っていらしたのですか？　たしか、亡くなってしまわれたとききましたが」

そういえば、延明には形見の万華鏡を見せたことがあった。

そのときに言わなかっただろうか。

「病ではありませんわ。祖父は、殺されたのです」

「は……」

するりというと、延明は凍りついたように数拍のあいだ動かなくなった。やはり言ってはいなかったようだ。

「そう、でしたか……なにも知らずにすみません」

「謝ることではありません。わたくしは延明さまのご家族についてすでに存じているすのですから、おなじです」

「しかし処刑と殺人とでは……。それに祖父と父は刑の前にみずから死を選んでいました」

「自裁せねば問答無用の酷刑が待っていたのでしょうから、それは処刑されたのとおなじですわ」

言いながら、匙についた果肉を指ですくって舐《な》めた。ほんとうに、とても懐かしい味がする。

「それに処刑であろうと殺人であろうと、わたくしは家族を失った心の痛みはおなじだと考えています」

回青園でもおなじことを言ったばかりだが、痛いものは痛いのだ。その痛みは本人にしかわからないのだから、比べるべきものではない。また、殺人と長患いなどの場合とでは悔しさやうらみの点で異なるが、それはまたべつの話である。

それから、ふたりでもう一杯だけ桑蜜を白湯で割って飲んだ。

器を片づけると、眠けは限界に近づいていた。

「では、もどります。よい夢を」

「延明さまも」

ひるがえる衣を見送り、ひとりになった房《へや》の戸を開け放つ。

才里たちは鋭いから、こうして延明ののこり香《が》も夜風で見送ってやらないといけない。

夜空を見あげれば、墻垣《しょうえん》のうえに月が輝いていた。

第三章　愛のため

この日も、延明《えんめい》は路門へと呼びだされた。

東宮までくるようにと命じられないのは、すこし楽でいい。東宮は城内にこそあるものの、内廷を出て大回りをしないとたどりつけない。

掖廷令《えきていれい》は形式上は少府の所属だが、実質としては帝の直属官にあたる。太子も配慮をしているのだろう。

朝からじりじりと気温のあがるなか足早にたどりつくと、太子とあの河西《かせい》の名士、そして皇后の兄までが待っていた。その表情は非常に厳しい。

すでに朝議は終わっている時刻なので、そこでなにかあったのだろうと目測をつけ、拝礼する。許《きょ》皇后の兄は朝議に参内する高級官だ。

「孫《そん》延明がごあいさつ申しあげます」

「面をあげよ、利伯《りはく》。馮充依《ふうじゅうい》の件、ご苦労だった」

「ありがたきお言葉」

揖《ゆう》をしたまま立ちあがり、のこるふたりにも礼をとる。

太子は宦官《かんがん》に扇《あお》がせたまま脇息《きょうそく》にひじをつき、重く息をついた。

「――だが、無駄な働きをさせてしまったようだ。約束はやぶられた」

おや、と思う。

約束とは、梅氏《ばいし》派から側室を推薦しないというあれであろう。

もとより必ず守られるなどとは思っていなかった案件であるし、やぶられたなら、それはそれで使い道があるはずだった。このような顔をするはずがない。

太子の視線をうけて、皇后の兄が口を開く。

「ところがこれが、破棄したとも責められないのだ」

説明によると、梅氏は裏で儒者たちを扇動し、訴えを起こさせたようだ。

いわく、馮充依は宦官によって殺されていた。それは身から出たさびともいえるが、その責は彼女だけにあるものではない。長年空閨《くうけい》をかこつ寂しさと虚《むな》しさがそうさせていたのではないのか、と。

儒者は儒学を学ぶ学者たちだが、これがまたやっかいだ。名士の子弟らばかりなので、無視もできない。

「あらたな側室を増やすことは、第二、第三の馮充依をつくることにつながる。ゆえに、側室選定を思いとどまり、古来の法にのっとった後宮運営をはかるようにとの嘆願があって、これが制可された。陛下は側室を迎えることはいったん取りやめ、寵《ちょう》を分散させると仰せだ」

――つまり、梅氏派の側室推薦はたしかになくなったが、こちら側の娘を送りこむこともできなくなったというわけか。

これでは約束を守ったとは言えないが、やぶったとも責められない。しかも訴えを起こしたのは梅氏派の官ではなく、あくまでも儒者らだ。

梅氏の卑怯者《ひきょうもの》め、と皇后の兄が吐き捨てる。

「……ですが我が君、それは妙では？　梅氏が寵の分散を許すなど」

「あちら側の娘は、なにも梅婕妤《しょうよ》だけではない。おそらく、協力関係にある高官の娘を推す取り引きとなっているのであろう」

「急な動きでございますね。もしや、絶対的な寵愛独占に、なにか翳《かげ》りが見えはじめていたのやもしれません」

「利伯。後宮にいるおまえならば、妃嬪《ひひん》らの動きも我らより詳細に知ることができるであろう。心して情報の収集をせよ」

「御意」

太子たち三人は、まだのこって論じることがあるようだ。

延明はひと足早くその場を辞した。

「側室の件、大家《ターチャ》にとっては渡りに舟だったたってこった」

掖廷署の席にもどると、点青《てんせい》が不機嫌な様子で待ちかまえていた。賽子《さいころ》で遊んだ形跡まであるので、相手をさせられていたらしい華允《かいん》には笑顔で圧をかけておく。華允はあわてて居ずまいを正した。

「きいてるか、延明」

「ききますよ。ちょうど欲しい情報のようです」

席につき、仕事の文書を処理しながら、さっさと話せと視線でうながす。

「なんか俺だけが暇人みたいなあつかいするなよ」

「していませんよ。ききながら仕事をしたほうが効率的というだけの話です。それで？」

点青は話すか話すまいかという表情を浮かべて黙ったが、それも短い時間のことで、すぐに欲求に負けて口を開いた。

この宦官はさみしがり屋でおしゃべり好きだが、その立場上、延明のほかに気を許せる相手がいない。

「……おとつい、娘娘《ニャンニャン》の侍女の話をしただろ？　あれに、手がついた」

苦虫をかみつぶしたように言われた言葉に、延明は筆を置いた。

「昨夜ですか」

「記録にのったのは朝議のあとだが、昨夜と、あとは娘娘が燕寝《えんしん》にうつってすぐにもあったらしい。侍女――田寧寧《でんねいねい》の階級をあげると娘娘に伝達があった」

なるほど。梅氏や婕妤の手前黙っていたが、朝議で寵の分散を提案されて、これ幸いと公にしたわけだ。

これは、梅氏の思惑とはちがう方向に転びつつあるのかもしれない。

「点青、そう不満顔をするものではありません。田氏であれば皇后許氏の派閥です。むしろよろこばしいことでしょう。田寧寧はたしか十九でしたか。懐妊をのぞみますね」

「それはわかってるが、娘娘のお気持ちを思うとなんか納得がいかんぞ、俺は」

そう言い、ひとしきり堂内をああでもないこうでもないとつぶやきながらうろついてから、点青はようやく気が済んだようで、小さくたたまれた布帛《ふはく》を懐から取り出した。

「そうだこれ、おまえから引き継いだやつらから。整理しておいた」

「あなたのそういうたまに気の利くところ、嫌いではありませんよ」

微笑んで受けとり、さっさと帰れと手で払う。

点青がしぶしぶと出て行ってから、それをひらいた。引き継いだやつ、とは延明が中宮尚書だった際に使役していた宦官たちと、彼らが籠絡《ろうらく》した女官による情報網だ。

すばやく目を通してから、火をつけて燃やす。

たしかに、後宮内でひそやかな動きがあるようだ。実家とやりとりした文を、いまの延明のようにすぐに燃して始末するようになった妃嬪が数人いるらしい。

また、梅婕妤の奶婆《うば》らが秘密裏に太医のもとへ出入りしていたという目撃情報もあった。

──もしや、梅婕妤が病か？

これは注視をする必要がある。

＊＊＊

小海《しょうかい》がぬけて、織室《しょくしつ》の丞《じょう》が代わった。

やってきたのはまったく見知らぬ老宦官だったが、彼が連れている若い宦官には見覚えがあった。

すっとした佇《たたず》まいがきれいで印象的な、あの延明の配下だ。おそらく彼が連絡係りというやつなのだろう。

とりあえず、いまのところ用事がないので放っておく。

こちらから連絡することなどまずないのだ。あるとすればまた賄賂《わいろ》が必要になったときだが、身近にはしっかりものの才里《さいり》がいる。そういう機会もなかなか訪れないだろう。半分くらいは忘れて過ごしてもよい。

桃花《とうか》はそう思っていたのだけれど、その見通しは完全に甘かった。

「そういえば、あの織室丞の補佐をしてる宦官だけどさ」

彼のことを話題にあげたのは紅子《こうし》だった。

織りに使う糸を管に装着するため、三人で糸車をせっせとまわしていたときだった。

「あいつ、まえにも見た。たしか……桃花が納品した寝具に不具合があったって呼びだされたときじゃなかったっけ」

「あぁ、そうだったわね」

才里が相づちを打つと、紅子は三白眼をすっと細める。

「あのあとも見かけた。桃花が運んだ糸が足りないって言いにきたのもあいつだ」

「……織室に出入りする宦官なんて、ほかにもたくさんいると思うのですけれども……

…？」

話の風向きに、半分寝ていた意識が急覚醒《かくせい》した。

紅子の目がなんだか怖い。

「なぜ、わたくしを見るのです……」

「あたしはね、見逃さなかったよ。織室丞をお迎えしたとき、あんたあの宦官《かんがん》をじっと見てただろ。居眠りもやめた」

「えっ桃花がちゃんと起きてたの⁉ 気づかなかった！」

「才里、待ってください。そこはおどろくところでは……」

「ありゃあ顔がいいわなんて感心してる顔じゃなかったよ。すでに二度も見かけたあとだしね、あんたがあんな顔するはずがないんだ。あれは……」

紅子はにやりと笑った。

「『わたくしのために、ここまできてくれるなんて！』って顔さ！」

「……はい？」

ぽかんとする桃花の横で、才里が声にならない悲鳴をあげて立ちあがる。

その顔は大興奮そのものだ。

「じゃあ、じゃあ！　あの宦官が桃花のいいひとってことなのね!!」

「え……」

──なぜ、そうなった……？

冷や汗が一瞬で乾いた。

不正解極まりないのに、紅子はなぜか得意顔だ。

「隠すこたない。そんなコソコソしなくたっていいさ。あたしらはちゃんと秘密を守るからね。ほかのだれにも言わないよ」

「あの、ちが……」

「そうよ桃花。さきに気づけなかったのは悔しいけど、でも祝福する！　あれが、あの恋文の君なのね、応援するわ。だから出会いからきょうまでの秘密の逢瀬《おうせ》について、あたしたちじっくり話し合う必要があると思うの!」

「え、ですから、ちがいますけれども……」

「たしかにあれなら、顔は悪くないね。性格は悪いんだっけか?実家が超お金持ちとか?じゃあ
「思ったより高官じゃないのね?もしかして、にかで腐刑にされたクチね。延明さまみたいに冤罪《えんざい》とかだといいわ。言っとくけど、ひどい罪で刑を受けたような男はダメよ?」

「桃花恋しさに、ついに異動までしてきたってわけか。いいね、お熱いねえ」

「あの、ですから……!」

否定しようと大きめの声をあげると、ふたりが期待満面で桃花を見つめてくる。

待てよ……と思った。

——もしやこれは、否定して変につつかれるよりも、このまま誤解させておいたほうがよいのでは……?

全面的にちがうと言えばこのふたりのことだ、かならず暴いてやる!というなぞの使命感で彼の行動を見るようになるだろうし、彼と桃花がなにかで接触しようものなら、すかさずさぐりを入れてくるだろう。

結果として、延明とのつながりを知られてしまうかもしれない。それは、だめだ。

もと侍女が皇后側とつながっていた——そんなことが知れたら、梅婕妤の怒りをかう。

才里はもちろん黙っていてくれるだろうが、どんなほころびから漏れるかはわからない。そうなれば織室での生活も終わりだ。

桃花は人生ではじめて背中に妙な汗をかきながら、言葉をつむいだ。

「……あの、その、そう、いうこと、ですわ………？」

申しわけありません、と心の中で連絡係りとなってしまった宦官に謝る。

「ひ、ひみつに、してくださいますか……？」

罪悪感でいたたまれない。両の手で顔を覆った。

ちら、と指の間からふたりをのぞこうとすると、ぼすんと肩に重みがかかる。

「もちろんさ！」

「あったりまえじゃないの！」

才里と紅子だ。

「あたしとあんたの仲じゃないの！　その様子だとついに両想いになったみたいだし、最高だわ！」

友情が燦然《さんぜん》と輝いている。非常に申しわけない。

「…………はい。あの、そんなことより仕事をいたしませんと」

あんたに言われたくない！　と笑って返しながら、ふたりは作業道具をぴったりとよせてきた。

「さあ、洗いざらいしゃべってもらおうじゃないか！」

「あんたに恋愛指南ができる日がくるなんて、長生きするものね！」

長い尋問がはじまるようだった。

怒濤《どとう》の質問攻めをなんとか半分寝てやりすごすと、持ち場の移動時間がやってきた。

つぎに命じられたのは、検品の済んだ反物をつぎの部署へと運ぶ仕事だ。

気温があがり、汗だくになって荷車を牽《ひ》くのは懿炎《いえん》と亮《りょう》だった。ふたりは多くの宦官同様に読み書きが得意ではないため、納品先での帳簿の確認を桃花が担当することになっている。

「おまえ、また寝ながら歩いてるのか。まったく器用なやつだ」

荷車を牽く亮が顔をのぞきこんできて目が覚めた。

すこしでも手伝おうと脇から押していたのだが、うつらうつらとしていたようだ。

うしろから荷台を押している懿炎もあきれた顔をしていた。

「亮から話にはきいていたが、ほんとうに寝るとは」

「きょうは昼寝にとても適した陽気でしたので、つい……」

「この暑さでそれをいうのか、姫《き》桃花。おまえは眠り姫だな」

「老猫だそうですわ」

懿炎に言うと、「だれだそんな的確なこと言うやつ」と亮が笑った。

「……亮さま、ところでお腹はよくなりましたか？」

「まあな」

そう答える顔色は、あまりよくない。

桃花は腰嚢《こしぶくろ》から「どうぞ」と、ここぞとばかりに薬包を取り出した。こういう機会もあろうかと、持ち歩いていて幸いした。

「薬じゃないか。おまえ、こんな高価なもの……」

「気血を整え、精が回復するそうです。一日三回、十二包お渡ししておきますわ」

すべて押しつけてしまいたいが、さすがに全部は持ち歩いていない。

「対価はなんだ？」

鋭い目で問われた言葉の意味がわからず、ぽかんとした。

「宦官のように矮小《わいしょう》な存在に、無償で高級品を提供する馬鹿はいないだろうが。対価を言え」

「……めんどうですわ」

「？　なんだって？」

桃花としては腹痛への罪滅ぼしであるし、なにより、いらないものを無駄にせず処分しようとしているだけなのだが、この様子では説明しても理解してもらえないのだろう。

すこし考えて、桃花は思いついた。

「では、なにか面白い話をくださいませ」

「は?」

「なにか面白い話ですわ。だれかの恋の話ですとか、後宮勢力図関係でもよいのですけれども」

才里たちがよろこぶだろう。それに例の宦官の話題から逸《そ》らすのにも使えそうだ。

名案だとほくほくしていると、亮は得心がいった顔をする。

「もと寵妃《ちょうひ》つき宦官の情報網を買ってのことか、なるほどな」

「はい?」

「だがそういうのは俺よりも懿炎が得意だ。なあ?」

亮が話をふると、懿炎がかわりに「そうだな……」と考えるそぶりをする。よくしゃべる亮よりも、物静かな懿炎のほうが情報通だとは意外だった。

「側室を入れる話が無くなったらしい。だが、かわりに娘娘《ニャンニャン》の侍女がひとり、格あげされるという」

「そういうのは才里が好きそうでよいですわ」

懿炎が言うに、その娘というのは田氏で、働きぶりを買われて侍女となっていたらしい。そこそこの家門ではあるが、父親は秩石《ちっせき》にして百石程度の官吏でしかないそうだ。

帝《みかど》の政《まつりごと》に役立つとはいえず、これはもう、たんなる女性の好みで選んだとしか思えないのだが、そこが後宮では問題だった。

政治都合で選んだわけではないぶん、その寵愛がどこまで深くおよぶか予測がつかない。

「──婕妤《しょうよ》さまは気が気ではないでしょうね……」

婕妤の場合、その政治都合と帝の好みが合致していた好事例だ。おかげでこれまで強固な寵愛となっていたが、はたしてどう転ぶのか。

「そうとうに苛立《いらだ》っているときいている。それと、昭陽殿《しょうようでん》から何人か獄行きになったようだ」

「なにに対する処分でしょう」

「夜中に物音をたてて、婕妤を怖がらせたそうだ」

あぁ、と思う。梅婕妤は怖がりだ。

それに才里も言っていた。司馬雨春《しばうしゅん》が焼死したことから、これこそまさに死王の復《ふく》讐《しゅう》だとうわさする者もいるのだとか。幽鬼への恐怖と寵愛が薄れることへの不安で、梅婕妤はかなり過敏になっていることだろう。

桃花は情報をくれた懿炎に礼を言い、今度はきちんと意識を保ったまま荷車を押した。

＊＊＊

焼失してしまった掖廷《えきてい》獄、そして付随する暴室などの再建には、夏いっぱいかかりそうだった。

しかし女官などを収容する施設は急ぎ必要であることから、規模を縮小した仮設獄をあと五日ほどで建てる手筈《てはず》となっている。

延明は、ようやく提出された再建に関する工程表に目をとおしてから、華允に文書の作成を命じた。収監する場の間借りをさせてもらっている織室《しょくしつ》や若盧《じゃくろ》獄など、関係先の長官にも日程を伝える内容だ。

幸いというか、本署は無事であったし、官舎については間借りをせずに済んでいるのが気持ちの救いだった。

掖廷とはかつての後宮である。建国初期、ここには巨大建築があり、妃《きさき》たちが集団で生活をしていたという。

いまとなっては当時の華やかさはしのぶ影もないが、その名残として、敷地の一部といくつかの建物が付随してのこされていた。雨漏りなどの修復は必要だったが、それらを仮官舎として、掖廷で働く百八十人ほどの下級宦官《かんがん》たちをつめこんで収容するだけの余裕はあった。

つぎに、火災に関する報告書に目をとおし、延明はややきびしい表情をする。

——出火原因不明、か。

出火もとはやはり掖廷獄である。牢《ろう》の中で使用するための藁《わら》をつんでいたあたりが最もはげしく燃えていた。風向きと延焼の関係から、ここから火が広がったとみられる。

問題は火の気だ。考えられるのは灯《あか》りしかないが、灯りが落下したのか、なんらかの燃焼物が風で飛ぶなどして灯りに触れてしまったのかは判然としない。

「華允、収監されていた囚人たちについて調べます。彼らの事件報告書をこちらへすべて運びこむように」

「目をとおすにはかなりの数になると思いますけど」

「かまいません」

じゃあすでに用意してあります、と華允が自分の背後をしめす。華允の座る後ろに、いつの間にか山積みになっていた。

「延明さまは、やっぱり囚人目的の放火と考えていますか」

「ほかに思いつきません。しかし、あらゆる可能性を吟味することが必要です。ちょうどよいですから華允、いくつかひねり出してみてください」

「いま、おれがですか？」

華允はおどろいたようだったが、延明が微笑みの圧力で待つと、なんとか絞るようにして答えをつむいだ。

「じゃあ……放火ではなく、焼身自殺……とかどうですか？　何者かが囚人の自害を手伝い、火のもととなるものを渡した」

「それが延焼した、と。しかし自害のほう助ならば、毒や刃物でもよいのでは？」

「たしかに。いや……それだと死者がひとりですので、関与した者が特定されやすくなりますよね」

「なるほど。自害のほう助はしたいが、特定はされたくなかったということですね。――ほかには？」

「ほかですか。えぇと、放火ではなく、なにがしかによる偶発的な出火である、とか」

「ほかには」

さらに捻出《ねんしゅつ》しろとうながすと、華允はさすがにいやがる表情を見せる。

延明としては別段困らせてやりたいわけではない。自分では思いつきそうもない視点を頭に入れておきたいのだ。

華允はしばらくうなったあと、眉《まゆ》を開いてぽんと手を打つ。

「衝動的に火付けをした。放火ではあるけども、目的はなかった」

「ほかに」

「獄吏が塵《ごみ》を燃やそうとしたら火がついた、なんてどうですか？　あ、でも夜中だからな……裏帳簿とか」

「それ以外は」

「ええと、じゃあ……火事場泥棒をしたかった？」

「盗まれたものは？」

「なにもありませんね」

華允が疲れたように答え、もう訊《き》かないでくれという雰囲気を放つ。これ以上はさすがに憐《あわ》れなのでやめた。

「すこし席を外します」

携帯用の水を用意するよう、童子に命じる。

「ところで華允、あの子とはうまくやっていますか」

童子がその場を離れたすきに、華允にたずねる。童子がなにか言いたげにしていた件だ。訊き方が直接的すぎるかとも思ったが、相手は子どもだ。策を弄《ろう》してもしかたがない。

「そのつもりですけど、もしかしておれのことなにか言ってましたか？」

華允がさっと警戒の表情を浮かべる。すっかり慣れてしまったが、その様子はやはり野犬の仔《こ》のようだと思う。

「そうではありません。ただこれまであの子ひとりでしたので、仲よくやれているだろうかと心配なだけです。人見知りしますから」

童子も華允も官吏ではないので、寝起きは小間使い用の小さな房《へや》、それをふたりで共用している。童子もきっとさみしくなった半面、他人との寝起きで気を遣い、落ちつかないこともあるだろう。

華允はなにか考えるように視線を落とし、それからきゅっと両こぶしに力を入れて顔をあげた。

「おれ、ここを追い出されたら困ります」

「きちんと仕事をしているかぎり、そのようなことはしませんよ。ただ、年下の子どもには十分やさしくするように。年長者のつとめです」

よいですね、と釘《くぎ》を刺したところで童子がもどってくる。その表情は、延明を追って出てきたときとあまり変化がない。なにか言いたげな表情で延明を見あげ、それからうつむいてしまう。

どうやら、童子とはゆっくり話をする時間を持たねばならないようだ。

供はいらないと伝え、延明は掖廷署を出た。


向かった先は、若盧獄だ。

火災の責に問われている掖廷獄の獄吏、そして初期消火用の水を管理していた宦官は、こちらに収監されていた。

しかし焼きつける日差しのなか足を運んだものの、残念ながらこれといって収穫はなかった。

得られたのは、取り調べ記録とおなじ内容の証言のみだ。

延明は帰ろうとして、足を止めた。獄吏たちがひとりの罪人を連れ出してくるところだった。

――あれは、小海。

柔和な顔立ちが病的なまでにやつれきっている。力なく、両脇を獄吏に抱えられている状態だった。杖刑《じょうけい》の執行を終え、解放されるのだ。

「おまえたち、もうよい。あとは私が引き受けます」

獄吏から小海をあずかる。彼の所属は織室から、後宮の下水処理係りに変えられていた。不衛生で、もっとも過酷と言われる仕事のひとつだ。寝起きするのも後宮の隅になるので、ここからかなりの距離がある。

足もとのおぼつかない小海に肩を貸して歩く。

「ゆっくりでよいので、無理をしないように」

「……あぁ……申しわけありません。しかし、なぜ……？」

小海が不可解といった顔で延明を見るが、問われても困る。延明とて己の行動に戸惑っているのだ。以前なら、こんなことはしなかった気がする。

理由はおそらく、華允をひろったときとおなじなのだろう。死体を目の当たりにするようになって、延明の中のなにかが変わったのだ。

それはつまり、桃花と出会ったことで変わったとも言えるのかもしれない。

「気にする必要はありません。どうせ、銅印黒綬《こくじゅ》の官がこのようなことをしていれば、すぐに周囲が手を貸しますよ」

官職ある者はみな腰に印綬を帯びているが、この長く垂らされた綬の色や長さで地位の高低がわかる。延明の場合、さらに鳳凰《ほうおう》と龍《りゅう》の飾りがついているので、特権ある者だと視覚的にわかるようになっている。

言ったそばから下級宦官《かんがん》があわてて声をかけてきたので、掖廷から華允を呼ぶように命じた。

「ほら、しっかりなさい」

足がまえに出なくなってきたので、近くにあった槐《えんじゅ》の木陰に座らせる。

小海の生気の無さは、杖刑によるものだけではないように見えた。

「……大海《たいかい》のことは、それほどつらいですか」

問うと、しずかに「はい」という返事があった。

「掖廷令《えきていれい》は、僕と兄の関係を嫌悪しますか？」

「正直なところを言えば、好むところではありませんね」

魂の奥底が、どうしても拒絶をする。

「しかし私がそうであり、あなたがそうではなかったというだけの話です」

男女で結ばれる者もいれば、女同士で婚姻する者、男同士で絆《きずな》を結ぶ者、さまざまだ。それが閉じられた後宮であれば選択肢が狭まるので、なお多い。

それに宦官はもはや、男ですらないのだ。この後宮で、外での常識を絶対と思うのは馬鹿げている。

「僕は……愛していたんです」

小海は力なくうなだれる。

「ええ。だから大海を守りたかった、と」

「でも……まちがっていたのかもしれない。あれからずっとそう思っているんです」

「あれからとは、行いが露見してからのことですか？」

「いえ。──無残に焼けてしまった兄の亡骸《なきがら》を見たときから」

つまり玉堂で遺体が発見され、掖廷でその身元確認をしたときからということか。

たしかに、あの炭のようになった遺体を目にして、衝撃を受けない者はいないだろう。

「それまでは実感がなかったのかもしれません。ふつうに、何食わぬ顔で生活できていたのです。でも、あんなひどい状態になった兄を見て……」

小海は言葉を区切り、青いくちびるを震わせた。

「ひどい状態だったのは、首を吊《つ》っていたときからでした。なのにそれがさらに、あんな……あぁ、なんて残酷なことをしたんだろう、と。僕が余計なことなどせず、死んでいるのを見つけたときすぐに人を呼んでいれば、せめて、あんな熱い思いをさせずにすんだのに……！」

火にまかれた時点で死んでいたのだから、熱くはなかっただろう。そうは思ったが、言わなかった。

彼は遺族だ。血は繋《つな》がっていないし、戸籍上も他人だけれど、家族だといっていいと延明は思う。──遺族にとって、亡骸の痛みはすべて己の痛みに等しいだろう。

「……気がついたんです。来世こそ人としてなんて、僕のわがままだったと。兄はそれを覚悟でみずから縊死《いし》したんですから」

つまり、小海は愛する大海のために偽装を行ったが、それがほんとうに大海のためになったのか――むしろ残酷なことをしてしまったのではないか。そう悩み、苦しんでいるということか。

かける言葉を探しあぐねていると、小海はひどくせつない顔で、いびつに笑った。

「掖廷令。僕はこれからどうやって生きていけばいいんでしょう」

なんにもない、すべてを失ったからっぽの目だった。

「……いまはただ、己の傷をいたわってやりなさい」

「それは心の傷ですか、身体のそれですか？　どちらにしても、犯した罪に対する罰です」

そのとおりなのだが、なんと返したものか。

困って視線を遠くへ向けると、ちょうど華允が急ぎやってくるところだった。その顔はあきらかに「供はいらないなんてうそじゃありませんか！」と叫んでいる。が、延明もこれは想定外であるし、命令にふりまわされるのが下っ端の運命であるからどうしようもない。

肩で息を切らして駆けつけ、華允がへたりこむ。

おや、と思った。

小海が華允の顔を凝視している。

「──きみは、たしか燕年《えんねん》の」

なにやら知った顔のようだ。

華允も気がついたようで、あっという顔をした。

「華允、小海に肩を貸してやりなさい。彼を房《へや》まで送ります」

「あ、じゃあ延明さまはもどっていてください。おれひとりでだいじょうぶです」

知人なら、そのほうが気兼ねなくてよいだろう。

「では、おねがいします」

ふたりの背を見送る。

小海は一度だけ空を見あげ、きょうの空は故郷の空によく似ていると言った。

「……生きているあいだにもう一度だけ、海が見たかったたな」

彼の故郷の海は、四千里のはるか彼方《かなた》だ。

小海がみずから命を断ったという話をきいたのは、その翌日のことだった。

＊＊＊

愛する人のあとを追いたくなったのか、それとも愛する人の意に沿わぬことをした罪の意識か、その両方からなのか。

小海がどういう気持ちで行動に至ったのかはわからない。ただ申しわけないことをしたという大海への謝罪が書き連ねられた自筆の遺書だけがあったという。

織房にて才里たちと機を織りながら、桃花はずっとそのことについて考えていた。眠りをかきたてるはずの踏み木の音が、きょうはどこか物悲しくきこえる。

「桃花？　きょうはしっかり起きてるのね。だいじょうぶ？」

「才里はわたくしが起きていると心配なのでしょうか……」

「そりゃあね。いいひとと上手《うま》くいってないのかしらとか、具合いが悪いのかしらとか、いつもとちがえば心配するわ。寝ないなんて変だもの」

『いいひと』という単語に耳をふさぎたい。そのあたりは都合よく忘れていたかった。

「――それとも、小海さんのこと考えてる？」

「はい」

「やさしくて気さくな人だったわね。ああいう宦官はすくないわ」

才里がぽつりと言った。紅子は無言だが、しずかだということは同意しているということだ。桃花もただ首を縦にふる。

小海はよい宦官だった。丞《じょう》という立場にあっても偉ぶることなく仕事を手伝い、女官の私語にも寛大に接してくれた。

そんな彼があれほど弱りきり、思いつめて死を選んでしまったことは心から痛ましいと思う。罪を犯したが、宦官にとってそれほど来世は重要なのだ。

せめて、大海と小海とを近くに葬り直してあげることはできないだろうか？

そう考えながら機を織る。

可能かもしれないと気がついたのは、あの連絡係りの宦官が業務で房に訪れたときだった。

いつもなら避けたいところだが、いまは歓迎だ。埋葬の件は賄賂《わいろ》でなんとかなるのではと思ったのだ。桃花にはいま、金額不明の財産がある。

「あの、お話が」

宦官に声をかけ、それから才里たちに断って廡下《ろうか》へと出る。

すると背に、「熱いね」「女は素直が一番よ」という言葉がかけられて、軽く天を仰ぐ。——そうだ。金銭の話のまえに、彼にはまずお詫《わ》びをしなければならないのだった。

その夜、例のごとく書き仕事を手伝っていると、しずかな物音でするりと入室してきた者がいた。延明だ。

「こんばんは。今宵《こよい》もよい月夜ですね」

「延明さまのせいで、わたくしにいいひとができてしまいましたわ」

「は？」

会ったら恨みごとを言ってやろうと決意していたせいか、出しぬけになってしまった。

「……………桃花さんに、なんですって？」

延明が一瞬ものすごい表情をした気がする。

「説明がぬけました。できたと、才里たちがそのように誤解しているのです。延明さまのせいです」

「誤解」

「あの連絡係りの方が餌食《えじき》になったのですわ。なんどもおなじ方をよこしたのが原因です。ですので、延明さまのせいであると」

桃花が強い口調で言うと、延明は軽くたじろぐ様子を見せたあと、素直に謝罪を口にした。

「それは……すみませんでした。じつはいま、動かせる者がすくないのです」

中宮から掖廷《えきてい》へと異動をしてしまったことや、梅婕妤《しょうよ》関連の情報収集に人手を割いているのが原因だという。

「あれは手練手管が苦手な者ですのでこちらにあてたのですが……。ご迷惑をおかけしたようですので替えておきます」

「いけませんわ。むしろいまさら人を替えられても、わたくしのほうが収拾がつかなくなりますもの」

だからそのままでよいが、これからは来訪にも十分気をつけてほしいと伝えると、延明は承知してくれた。

「……念のため一応の確認をしておきますが、桃花さんはああいった者がお好みでしたか？」

「検屍官《けんし》ではありませんのに？」

「ですよね……言うと思いました」

「わたくしのなかにはきっともう、愛などないのです」

桃花が嘆息とともに言うと、延明は怪訝《けげん》な顔をする。彼はかつて、桃花をうわべでなく本質を見る人だと評した。だがそれはちがうと桃花自身は思う。

桃花が夫として選ぶ相手にもとめるものは、検屍官であることただそれだけだ。本質どころか、うわべすらも見ていない。

祖父が殺されてから、桃花のなかにはそれしかない。検屍官になって現場に立つという目標に、葦《あし》のようにすがって生きてきたと言ってもいい。

「ですので、小海さまのようにだれかを強く愛する感情を持つ方を、わたくしはとてもうらやましく思うのです」

小海とちがい、桃花の心には愛など芽ばえる隙間もないから。

延明は少し考えたあとに、「愛はわかりませんが、あなたに慈愛はありますよ」とだけ言った。否定するでもなく、かといって肯定するでもない、やさしい言葉選びだと桃花は思った。

「……ありがとうございます。こうして延明さまにきてもらったのも、その小海さまに関することなのですけれども――」

桃花は、彼らの埋葬に貸しを使いたい旨を伝えた。延明は快く承諾してくれたが、賄賂を贈ったからといって、望みどおりふたりを埋葬できるかどうかはわからないという。

「とくに大海のほうは罪が重いですから」

大海は妃嬪《ひひん》の殺害と自害だ。どうにもできないかもしれないとは、わかっている。

「……小海さまは最期、苦しまなかったでしょうか」

遺書をのこして自害したとはきいたが、詳細は知らない。だが宦官《かんがん》という人生を歩まされた最期くらい、安らかであってほしいと願う。

どうでしょう、と延明は答えた。

「強い酒を飲んだうえでの入水《じゅすい》だったようです。酩酊《めいてい》していれば、と思いますが」

延明の説明によると、遺体が見つかったのは下水を処理するのに使われる水場だという。後宮の隅にそれはあり、この京師《みやこ》が南面する大河へと水路でつながる巨大な池であるとのことだ。

そのほとりで、空の酒瓢簞《ひょうたん》と遺書が見つかったらしい。同僚がまさかと思って舟をだし捜索すると、池の中央あたりで着衣が沈んでゆらめいているのが見えたそうだ。

「そういえば最後に会ったとき、故郷の海が見たいと言っていました。それであのような場所を選んだのかもしれません」

「海とはほど遠かったでしょうに……」

下水処理用の池だ。きれいとはとても言い難い。

しかし死を断固決意した者の行動とは、得てしてそういうものである。桃花はかつて祖父からそうきいていた。

「延明さま、遺書にはなんと？」

「大海への詫《わ》びの言葉です。釈放後に彼とすこしだけ話をしたのですが、そのときも言っていましたよ。遺体に対してなんと残酷なことをしてしまったのか、と――」

そうですか、とうつむきかけて、おやと思った。

延明が、はたとなにかに気がついた顔で口もとをおさえたのだ。

「…………矛盾している」

さっと顔色が変わる。

「延明さま？」

「あぁそうだ、もっとまえにも……たしかにおなじことを。なんてことか！」

最後は叫ぶように言い、立ちあがった。

戸惑ってそれを見あげていると、延明が桃花の腕をひき、丁重かつ力強く引きあげる。

「失礼。桃花さん、あなたに検屍を依頼します」

失礼と言いつつ、延明はそのまま真剣な顔つきで桃花の肩をつかんだ。その指は、温かくなれと念じてさすったときとちがい、ふしぎなほど熱く感じられる。

「小海は他殺かもしれません」

「小海さまが？」

「無理心中事件には、まだ暴くべき裏があります」

＊＊＊

自筆の遺書がのこされた入水であったため、すでにこの件は遺体回収などを行った掖廷から、宦官を管轄する宦者署へとすみやかに移管されていた。

遺体がまだ城内にあったのは奇跡だ。宦者署には遺体を安置する場所がないので掖廷で預かっていたのだが、宦者署の担当官が運びだしを横着していたらしい。

咎《とが》められるべきことだが、今回は不問にする。助かった。

とはいえ、朝の開門と同時に運び出される手はずにはなっていたようなので、ぎりぎりのところではあった。さすがに城外にまで運び出されてしまうと、一宦官の検屍はむずかしかっただろう。

この日は、風の強い朝だった。

青空では雲がちぎれるようにぐんぐんと流されてゆくなか、延明は官奴《かんど》姿の桃花を伴い、掖廷獄の院子《にわ》へとやってきていた。

あたりは未《いま》だ異臭に満ちている。しかし焼失した獄の解体はだいぶ進んでおり、ここから遺体安置場所がよく見えた。華允たちが掘り起こしの準備を進めている。その様子をながめていて、ふと思い出した。

華允は小海と顔見知りだったのだ。

どのような関係であったのかは知らないが、酷な作業であるかもしれない。外させるべきか迷い、やはりこのまま任せることに決める。華允はまだ十代半ばだが、案外強いところがあった。信じて任せたほうがよい。

延明は炉で蒼朮《オケラ》、サイカチを燃やした。これだけ風があるとどれほど効果があるかはわからないが、臭気や悪気除《よ》けだ。

桃花は几《つくえ》に用意された道具を手早く確認して、うなずいた。

「では棺《ひつぎ》をあげ、こちらに」

片手をあげて命じると、まもなく木製の簡易棺が運ばれてくる。華允はこれまでの検屍よりも顔色が悪いが、しっかりと仕事をこなしていた。

延明は肩を叩《たた》いてねぎらい、下がっているよう命じる。みずからは筆を手にして桃花に並んだ。

「小海の棺です。二十九歳、浄身。ですが、浄身の傷は通常の宦官とやや異なります。遺体発見時は巨大な池の中央あたり、水の底に沈んでいる状態だったそうです。池中央部の水深は一丈弱。池のそばにあった酒瓢箪はかなり強い酒のものです。空でしたが、ほんとうに飲んだのか否かは不明。ただ、遺書は自筆でまちがいありません」

「わかりました。――では、遺体をこちらへ」

桃花が筵《むしろ》のまえに膝《ひざ》をついて言い、奴僕《ぬぼく》たちが布で覆われた遺体を取り出す。季節柄、腐敗は早いものかと警戒したが、風が強いせいかほかの要因からか、さほどの異臭はしなかった。

覆いが取り払われると、延明は軽く瞑目《めいもく》した。

小海は濁った目を半分開いており、視線が合ったように感じたのだ。

衣服は埋葬のための麻の衣をかけられていたが、袖《そで》まではとおされていなかった。襠褲《はかま》も同様だ。罪人なのでそこまでする必要はないと判断されてしまったのだろう。小海はひどく憐《あわ》れな装いで、腕と脚を軽く屈曲させた姿勢で冷たく硬直していた。腹部を中心として淡青藍《たんせいらん》色に変化し、顔はわずかに赤いようにも見える。

「――たしかに小海さまです。検屍《けんし》をはじめます」

桃花は言い、ためらうことなく遺体に触れた。その指は生者に対するものとおなじように、いたわりに満ちている。

桃花は自分に愛はないと言っていたが、やはり異性に対する情熱的な感情が芽生えないというだけで、少なくとも他者を大切に思う心はあるのだと感じる。これまでこうしてそばで見てきたのだから、まちがいない。むしろ慈愛は強く深いほうだ。

延明が固唾《かたず》をのんで見守るなか、桃花はまずそっと小海の髪をほどき、脳天、後頭部などの頭髪のなかを確認し、髪の長さを記録する。

後頭部には頭髪にまぎれてなにかささいな傷のようなものがあるようだった。また、小海のあごや頬には、生前についたと思われる浅い擦過傷《すりきず》がついていた。

「ひっ！」

短く叫んだのは華允だった。近くに寄ろうとしていたようだが、ふたたび後方に退《さ》がってゆく。正直、延明も一瞬驚いた。突如、遺体の鼻から綿《わた》のようなものが丸くふくらんで現われたのだ。

よくよく見れば、それは綿などではなく、きわめて細かな泡のあつまりのようだとわかる。ほのかに赤い色を呈していた。

「桃李《とうり》、これは？」

「溺死《できし》特有の所見、水沫《すいまつ》です。いま胸を圧迫しましたので、体内から押し出されてきたものです。ご遺体によっては自然といくらでも出てくる場合もありますし、こうして押さないと出てこない場合もあります」

「特有ということは、小海の死因は溺死ということですか」

「ええ。遺体も発見時に沈んでいたとのことですので、溺死でまちがいないかと存じます。地上で殺されてから池に投げこまれた場合、肺に空気があり浮力が働きますので」

ただし、時間経過によっては腐敗で生じる陰気《ガス》によって、溺死でも浮上してくるのだという。

つぎに桃花は口のなかを調べようとしたが、あごが硬直していて開くことができなかった。のちの手順にまわすとして、胸や腹部、そして浄身の傷へと下がっていく。

「延明さま、こちらがさきほど仰《おつしや》っていた？」

「そうです。閩《ビン》の献上宦官《かんがん》、その浄身です」

閩の地は貧しく、子どもの売買が横行している。親は生活のために奴隷業者に嬰児《えいじ》を売り、嬰児たちは特殊な技術で睾丸《こうがん》だけを破壊され、宦官として貴族の邸宅や宮中へと送りこまれてくるのだ。

それがどのような手法であるかはくわしくを延明も知らないし、知る必要もないと思っている。しかし、その施術をうけた嬰児らが親の顔も知らないまま、生涯をただ中性の奴隷として生きるしかないという残酷な事実だけは、よく理解をしているつもりだ。彼らの絶望と苦しみは、想像のはるかうえを行くだろう。

桃花は、それを興味本位に見るでもなく、恥ずかしがるでもなく、ただほかの部位とおなじように丁重にあつかい、外傷の有無を観察した。そのことに延明は深く安堵《あんど》する。おそらくいかような反応も、彼らにとっては屈辱でしかないはずだ。

「――では、うつぶせにするまえに口を開けて調べます」

桃花は薬研《やげん》で葱《ねぎ》や山椒《さんしよう》、塩、白梅を砕き、酒粕《さけかす》を混ぜて餅《もち》状に丸めた。つぎにそれを火鉢で温めて布でくるみ、遺体のあごのつけ根にあてる。

しばらくすると、固く閉ざされていた遺体の口が動くようになった。

桃花は遺体のあごを大きく開かせ、口のなかをつぶさに調べる。

「砂だらけですわ」と言いながら、やにわに細い指を口腔《こうこう》へと差しいれた。なにかを取り出したらしい。

記録のために筆を走らせながら、延明はそれをのぞきこんだ。

「……水草ですか？」

「いえ、陸上の草かと。よくある雑草の葉です。――延明さま、火箸《ひばし》をとっていただけますか？　先端に布を巻いてつかいたいのですが」

布を割き、桃花が言うように火箸のさきに巻いた。桃花はそれをつかってさらになにかを取り出すようだ。

皿も用意すると、まず口腔をぬぐうようにしてちぎれた雑草がとりだされた。つぎにつまんで出されたのは礫《こいし》だ。小指の先ほどの大きさがあり、なかにはそれ以上のものまであった。

「砂に雑草、そして礫ですか」

「ひとつ確認なのですけれども、池とその周囲の地面というのはどのような状態なのでしょう？」

「このような砂礫《されき》があるか否かという質問でしたら、あります」

水場はかつて、京師《みやこ》の南に面する山より、北の大河へと注ぐ川であったものだ。それを築城の際に流用したもので、池周辺は山よりけずられてきた細かな砂礫が堆積《たいせき》している。延明はそう説明した。

「ですので、このあたりのような土ではなく、非常に粗い砂浜のような場所だと思ってくださってけっこうです」

「粗い砂礫の浜ですね。わかりました」

確認が済むと、桃花は礫それぞれの大きさを測る。大きいもので半寸（約一センチ）以上もあった。

延明はそれらをもらさず記録していたが、ふと顔をあげて筆をとめた。覚えたのは、強い違和感だ。

「溺《おぼ》れたのが巨大池の中央あたり。水深にして一丈弱。……どのようにして半寸の礫が口に入ったのでしょう？」

舟が縁にあげられていたことから、みずから泳いで中央部まで行ったと考えられている。延明は頭のなかで、その様子をなるべくくわしく想像してみた。

「桃李、底に沈むのは死後と考えてよいですか？」

「もしや、苦しさから水底《みなそこ》で暴れて吸い込んだ可能性をお考えでしたら、それは除外してよいと思います。水深から考えて、礫に顔を近づけるほど沈んでいる状態でしたら、心の臓は停止していなくともすでに呼吸は停止している状態と思われます」

特に、と半寸の礫をしめして言う。

「足がつかない深さです。暴れたとして、この大きさの礫が水中高く舞いあがり、吸いこむことは考えにくいでしょう」

やはり、と思う。

「ちぎれた雑草片も、どこからきたのでしょうか？　池の瀬で溺れたならともかく、遺体は中央あたりで発見されていて、縁からはかなりの距離があります」

「雑草片はたしかに不自然ではありますけれども、偶然も考えられるでしょう。池の縁にたまたまあったものが、風で流れることもありますので。――けれどもやはり、礫は説明が難しく思われます」

桃花はわずかに考え込んでから、たとえばと言う。

「浅瀬にて何者かに後頭部をおさえられ、水中に顔を水没させられる。抵抗をして暴れ、雑草が散り、なお強く加重をかけられる。苦しさからはげしく水を吸入すると同時に、礫が口腔へと流入する」

「礫が口になど入りますか……？」

「顔面が水底――粗い砂礫につくほどの浅瀬です。水際と表現してもよいかもしれません。水に沈めるというより、水底に押しつけるような形だったのではないでしょうか。頰とあごに擦過傷がありますもの」

桃花は遺体の頰とあごをしめす。たしかに生前についた傷がある。

「溺水《できすい》して息を止めていられる限界をこえますと、今度は非常に激しい呼吸運動が起こります。これは体が必死で起こすものですので、砂礫程度でしたら容易に入りこむでしょう。吐きだしている余裕などありません。嘔吐《おうと》と吸入をくり返すこともあります」

「なるほど……では、爪はどうですか？　後頭部をおさえられれば、きっと犯人の手をどけようとして抵抗したはずです。遺体の爪にその痕跡《こんせき》がのこっているかもしれません」

首を縄で絞められたときに、抵抗して縄をはずそうと掻《か》きむしるようにだ。

桃花が遺体の白変した手をとり、爪をじっくりと調べる。

期待をしたが、桃花は首を横にふった。十爪《そう》すべてきれいなものだった。

「あるいは酩酊《めいてい》状態だったのかもしれません。そこまで力が入らなかった可能性もありますわ」

「そうですか。残念です」

やや落胆したが、桃花が背面を調べましょうと言うので気を取り直す。そちらになにか痕跡があるかもしれない。

延明も手伝い、硬く冷たい小海の身体をうつ伏せる。

背と臀部《でんぶ》には、杖刑《じょうけい》の痕跡が痛々しくのこっていた。

「延明さま、杖刑に使われる刑具の幅をご存じですか？」

「常行杖ですね。あれは先端が二分二厘です」

桃花は礼を言い、傷のひとつひとつに物差しをあて、幅を確認した。

それから、肩甲骨のあいだあたりを指でまるく示す。

「ここを見てください。杖刑の痕《あと》にまぎれて、肌の色が一部ちがいます」

延明は目を凝らした。言われて見れば、そのあたりだけ肌の色がわずかに赤みを帯びて濃いような気もする。が、しかと判別できるほどではなかった。

「正直に言いますと、私にはよくわかりません。むしろ腰のほうが赤褐色に変色しているのでは？」

「それは死斑《しはん》です。うつぶせで沈んでいたと記録にはありますが、時間経過で死斑が固定化されるまえに引きあげられ、あおむけで安置されていたので背面に移動したのです」

説明しながら、桃花はサイカチを泡立てはじめた。

「それはなにを？」

「よけいな汚れを落とします。背なかも変色がはじまっていますし、小海さまは数日まえから臥《ふ》せっていらっしゃいましたので、垢《あか》などの汚れも判別の障害となっています」

延明は軽くあごを落とした。たしかに、織室丞《しょくしつじょう》程度だと湯のある温室で入浴することはできないから、それなりに汚れてはいるだろう。しかし、だからといって体を洗ったくらいで変わるものだろうか。

やや怪しげな気持ちで洗浄を見守る。そっと羽根で掃くように洗うのかと思ったが、意外にもしっかりとしたもみ洗いで、それにも驚愕《きょうがく》した。

洗い終えると、ぬるま湯に酢を混ぜてていねいに流す。

数回すいだところで、桃花が死体のうえに薄布をさしかけた。

「どうぞご覧ください」

汚れを落とされ白くなった死体の背に、ほんのうすい日陰ができ、肌の濃淡があきらかになる。

「ああ、これなら私にも見えます……！」

思わず大きめの声が出た。

たしかに、杖刑の傷痕にまぎれるように、淡いこぶし大の変色がひとつあらわになっていた。

「──膝《ひざ》による圧迫のあとだと、わたくしはそう考えるのですけれども。いかがでしょうか」

その後、頭皮からも二、三個ほどのかすかな爪の痕が発見された。礫《こいし》と圧迫痕をうけて、後頭部を剃毛《ていもう》して検出したものである。位置と形状からして本人のものでないことは間違いない。

これらから想像される光景は、何者かが片膝《かたひざ》で乗りかかるようにして背を圧迫し、後頭部をおさえて強引に顔面を池の瀬に沈めたという凶行だ。

小海は抵抗し、暴れ、池のふちに生えていた雑草が引きちぎれて散った。小海の口《こう》腔《こう》から発見された礫や雑草の葉は、その際に入りこんだものと思われる。あごや頬の擦過傷《すりきず》もその際についたのだろう。

「やはり、他殺とみてよいでしょうね」

小海は衣服を着せられ、埋葬されることとなった。その納棺作業と検屍《けんし》後の片づけを指示する合い間、延明はそう桃花に声をかけた。

「延明さまはその目算でわたくしに検屍をご依頼なさったようですけれども、それはなぜなのでしょう」

「小海の死は、ずいぶんと犯人にとって都合がよいと思ったのですよ」

「犯人、ですか？」

「順を追って説明します。——まず、小海の言葉が矛盾していたのです」

口に出すと強い悔恨が湧く。もっと早くに気がつくべきだった。

そうすれば、もしかしたら小海は死なずにすんだのかもしれない。

「小海は聴取の際、玉堂での遺体発見時のことをこう話していたのです。――『裏口から入った瞬間、目のまえで足が宙に浮いていました』と」

それをきいて想像するのは、比較的高い位置にぶら下がる足ではないだろうか。すくなくとも、足先が床にこするようなぎりぎりの高さではなかったはずだ。

「それなのに彼は言ったのです。『あまりにひどい顔』だったと」

死ぬ前日、最後に会ったときも言っていた。『ひどい状態だったのは、首を吊《つ》っていたときからでした』と。

あのときもっと想像力を働かせていれば、と思う。

八区で自縊《いし》死した金剛《こんごう》の検屍の際、桃花にあれほど説明を受けていたというのに。

「首の縄にしっかりと体重がかかれば、すなわち、足がつかぬ高所で吊っていれば一気に首が絞まり顔面は蒼白《そうはく》となる――そうでしたね？　ならば、ひどい顔という表現は適切ではない。むしろ、金剛のように顔面がうっ血して腫《は》れ、眼や舌が突出した状態のほうが当てはまる」

だが大海の足は床につかず、高所に浮いていたはずなのだ。

妙だと、昨夜そう遅まきながら気がついた。

桃花は片手を口もとにあて、考えこむふうでうなずいた。

「仰《おっしゃ》ることはわかりました。つまり、玉堂での大海さまの縊死は偽装であった可能性がある、と」

「そうです。となると、玉堂で起きていたのは無理心中ではなく、殺人です」

そして、その証人となるはずの小海もまた死んだ。

殺されたのだ。

＊＊＊

あわただしくなった。

小海殺害の件もそうだが、玉堂での二遺体が無理心中ではなかったとなると、妃嬪《ひひん》を殺した犯人が、まだのうのうと生活していることになってしまう。

馮充依は公主三人の母であり、それはゆるされることではない。

三公主やその後ろ盾から叱責、あるいは処罰を求められるまえに解決せねばならない。

「一からやり直しですね、延明さま」

副官らとともに事件資料を整理し直しながら、華允が言う。

「やり直すわけではありません。見直すと表現したほうがよろしい」

よろしいとはもちろん、精神上よいという話だ。

それにしてもふり返ってみるに、なんとも経緯が複雑な事件である。

玉堂でふたりの焼死体が見つかり、まず、縄と刃物からそれが妃嬪による無理心中であったとされた。

ところがそれが覆り、じつは宦官《かんがん》による無理心中であり、第三者によって入れ替えられていたことが判明した。

それが、今度はふたりとも他殺であった疑いが浮上し、その証人となるはずの重要人物が殺された。

「このような事件、自分ははじめてで……。小海が余計なことをしたせいで、となりたいところです」

副官が渋面で言う。あえて同意はしないが、たしかにそのとおりだ。

小海がふたりの遺体を発見した段階ですぐに周囲に知らせていれば、馮充依たちの遺体が焼損するまえに運び出せただろう。

遺体さえ炎で損なわれていなければ、もっとくわしい検屍ができたのだ。なにより小海は殺されずに済んだ可能性が高い。

それを思うと残念でならない。

「死者をなじってもなにも出ません。ときはもどせないのですから、われわれは現状でできるかぎりのことをやるのみですよ」

馮充依と大海の件に関しては、遺体や犯人がのこしたかもしれない痕跡《こんせき》はすでに燃えた。

できることと言えば、事件現場周辺で不審な動きをしていた人物を見た者がいないか目撃者を探すこと、そして動機面から容疑者を洗い出すことのみだ。

「怨恨《えんこん》の調査はどうでしたか」

副官には、大海の刺創が偽装であると判明したとき、すでにこの調査にあたらせていた。

馮充依は妃嬪だが、彼女が死んでだれかが得をするような立場ではない。大海もそうだ。やはり動機は怨恨とみてよいだろう。

しかし副官は「それが」と消沈した様子で言う。

「馮充依とかつて関係のあった宦官を中心に調べましたが、まず数が多く……。しかもこのなかで、大海にまでも表立って怨《うら》みがあるような人物はおりませんでした。犯人による一方的な怨恨やも、と」

「突破口は小海の件かもしれませんね。小海が亡くなるまでの足どり、接触した人物の洗い出しと特定を」

は！　と折り目正しく拱手《きょうしゅ》し捜査に向かおうとした副官が、ふと足を止めてふり返った。

「そういえば、掖廷令《えきていれい》。小海には自筆の遺書がありましたが、あれはいったいなんだったのでしょうか？」

＊＊＊

小海の検屍を終え、桃李から桃花へともどって数時。

とうぜんではあるが、まだ小海が他殺であったことについて公にはされていないようだ。

馮充依たちの件についても同様で、織室には通常の労働風景が広がっていた。

みな小海の死については悲しみがあるようだが、労働者の死は身近だ。気持ちをすっかり切りかえているらしい。それが、すこしさみしい。

とはいえ、感傷に浸ってばかりもいられない。この日は特に厳しい労働だった。

桃花は吹き出る汗をぬぐいながら、並んだ窯《かま》の火を調節して回っていた。竈《かまど》には湯をはった鍋《なべ》がかけられ、いずれも繭がゆれている。生糸をひくための用意だが、これは湯温がぬるくてもいけない。沸きすぎてもいけない。繭がだめになってしまうからだ。繭がだめになれば、もちろん懲罰である。

火を整えたら、その煮え具合いを確認し、ころあいを見て盥《たらい》に湯ごとすくう。それは急ぎ糸紡ぎの婢女《はしため》たちのもとへと運ばれ、熟練の技によって糸がひかれ、縒《よ》られ、紡がれていく。

従事するだれもが汗だくで、目の回る忙しさだった。

あちらこちらから、早くしろ！　手を休めるな！　と指示する声が響くのは、これらの作業が時間との戦いだからだ。蚕はつぎつぎと繭をつくるが、これが羽化してしまっては台無しとなる。

「おい、しっかりしろ！」

あわてたような声をかけられたのは、その日の仕事が終わり、房《へや》に帰る道の途中だった。

どうやらいつのまにか、地べたにへたりこんで眠っていたらしい。

「はい、すみません熟睡していたようですわ……」

「寝ていた？」

当惑しているのは見知った顔だった。翳《かげ》のある顔立ちをした宦官、懿炎だ。

「ありがとうございます、懿炎さま。ご心配くださったのですね」

「……眠り姫、いや眠り猫だったたか。てっきり熱にやられて倒れているのかと」

安堵《あんど》したような怒ったような、なんとも判じがたい表情で懿炎が言う。

ちなみに眠り猫ではなく老猫なのだが、あえて訂正するほどのことでもない。

「まったく、いらぬ心配だった。どこでもかしこでも平気で眠るとは」

「いつもというわけではありませんわ。たまたま疲れていたのです」

「ではさっさと房へ帰れ。回復によい薬があるのだろう」

薬を飲むつもりは皆無だが、そういえば桑蜜《くわみつ》があった。帰ったらあれを飲むのがよいだろう。

では、と桃花はその場を辞した。が、なぜか懿炎はついてくる。宦官《かんがん》の舎房はこちらだったただろうか？

ふしぎに思っていると、「姫桃花」とあらたまって名を呼ばれた。

「あまり、亮にやさしくしてくれるな」

三度ほど瞬《まばた》いた。

さいきんの話だが、延明からも似たようなことを言われた覚えがある。

しかも延明以上に亮にはやさしくした記憶がない。どう思い返してみても皆無だった。

「あいつは猜疑心《さいぎしん》が強いやつだが、案外ちょろい。すぐにほだされる」

「あの……」

「ほうけた顔をするな。おまえには支援をしてくれるような相手がいるのだろう？　なら、その他大勢の宦官相手にあさはかな情けは無用だ。悪気はないのだろうが、それは亮を傷つけるだけだ」

翳のある、どこか孤独を感じさせる顔立ちがいっそう深まる。

なんと言ったらよいかわからずにいると、懿炎はそれを納得いかない態度ととったらしい。桃花を責めるような目つきで、しずかに言い募った。

「俺たちのような宦官にはなにもない。だからこそ飢えて、欲している。あいつは特にそうだ。やさしくされるとすぐに執着するぞ。宦官の執着がどれほどゆがみ、恐ろしいかを知らないか。応《こた》えてやれないのなら、はじめから与えてくれるな」

「与えた覚えは」

「ないのだろう。馮充依もよく言っていた。愛してくれたのではなかったかと縋《すが》る宦官に、はじめからなにも与えた覚えなどない、と。あれは魔性だ」

桃花は口のなかで、魔性とくり返す。馮充依の奶婆《うば》が言っていた。充依には宦官をもてあそぶ悪癖があったというようなことを。

たしか、懿炎たちはかつて馮充依のもとで働いていたはずだ。

「そういうつもりでないなら、やめろ」

「わたくしは――」

言い止《さ》したところで、前方からやってくる人物が見えた。亮だ。

「懿炎！　だいじょうぶか？　帰りがおそいから心配したぞ」

それから、まなじりを吊《つ》り上げて桃花の名を呼ぶ。

「なんだ老猫桃花。また偽善をふりかざして、薬を大盤ぶるまいしていたか」

「ちがいますけれども」

「では、よこせ」

ずいとつきだされて、またしても手のひらをじっと眺めてしまった。かわらず、水ぶくれのある手だ。あたらしく針で穴をあけたものもあった。

亮はつきだした手を小刻みに動かして「はやくしろ」と催促する。

「まえにもこのようなことがありましたけれども。今回は薬を、という解釈であっていますでしょうか」

言いながらも、腰嚢《こしぶくろ》から薬包を取り出す。

亮は受けとると、すかさずそれを懿炎の懐に押しこんだ。

「亮……」

「こいつも火や湯を使う仕事が多くてすぐにやけどをする。そこから感染症《やまいえ》を得でもしたらたまらない」

たしかに、懿炎は両手に巾《きん》を巻いている。仕事をしていたのでしかたがないが、それもずいぶんと汚れていた。衛生的とは言い難く、亮の心配はもっともだ。

「ではよろしければ、軟膏《なんこう》もどうぞ。すくないのですけれども」

こちらは桃花も指示どおりに使っていたので減っている。二枚貝に詰められた小さな軟膏で最後だ。

差しだすと、懿炎は礼を言いつつ受けとった。目は、「さっき言ったことを忘れるな」と訴えていたけれど。

「で、今度の対価はなんだ。死王の怪談ならいくつか俺でも知っているのがある」

「死王はいりません。対価ですか……」

考えあぐねて、めんどうな相手だと思いながらも周囲に視線を走らせる。

ふと、亮の帯飾りに目が留まった。

まえは瓢簞《ひょうたん》がさげられていて気がつかなかったが、きょうはそれがなく、代わりに二枚貝をあわせた手づくりの飾りがゆれていた。貝には燕《つばめ》が描かれ、組みひもが垂らされている。

「では、使い終えたらそのようにして、わたくしに貝を返してくださいませ」

絵は燕ではなく白梅がいい。ふと延明の言葉を思い出してそんなことを考えた。

「それはいいが、これは入れ物だぞ。空にしてから腰に下げてどうする」

「では、亮さまはそこに薬を？」

「いや、燕の骨だ」

答えて、懿炎と目をあわせる。亮は悲しそうに笑った。

「魔性にだまされて、腰から斬られた俺たちの友だ」

「燕好きの燕年《えんねん》というやつでな……亮はせめてこの小さな骨片だけでも故郷に連れ帰ってやりたいのだそうだ」

「まあ愚かな行いだな。この墻垣《しょうえん》のなかから出て帰る日なんぞ、幾年待ってもあるはずがないのにな」

彼らの目に浮かぶ悲しみと望郷の念に、桃花もふと故郷を想った。

——天馬きたること、西の極《はて》よりし……。

故郷のだれもが口ずさむ詩だ。

北を見あげれば、高い墻垣のうえに天帝の星が見えた。

祖父が眠る桃花の故郷は遥《はる》か、あのあきらかなる星の下だ。


その後、帰りが遅いことを心配して迎えにきた才里が亮と喧嘩《けんか》になったりしつつも、桃花はぶじ房に帰ることができた。

もしあのまま居眠りをしていたなら、才里と紅子にひどく叱られてしまうところだった。懿炎には感謝をせねばならない。

安堵しながら、臥牀《ねどこ》に体を横たえる。

きょうはとても疲れた。体は鉛のように重い。夜明けに叩《たた》き起こされるまで、きっとぐっすり眠ることができるだろう。

――…………。

そう思ったのに、おかしい。桃花は上体を起こした。

まぶたが降りてこないばかりか、目がさえていた。

「……才里」

呼びかけると、柔軟体操をしていた才里がぐねりとふり返る。

「こんな時間にすみません。たのみごとがあるのですけれども」

「あら、すみませんだなんてばかね。いつでもこの才里さんを頼っていいのよ。逢《あ》い引《び》きに出たいんでしょう？」

「ちがいます。才里の女官情報網で調べ直してほしいことがあるのです。あの、錯綜《さくそう》していた情報についてです」

＊＊＊

八年で、これほどとは。

延明は「どうかおどろかずにご覧ください」という前置きのもと、朝一番に副官が提出していった一覧を目にして、絶句した。

怨恨《えんこん》の線で見落としがないようあらためて入念に作らせた、馮充依と関係のあった宦官の名簿である。

腰斬《ようざん》刑となった、燕年という当時二十七歳の宦官がはじめだったとして、その次から数えて二十人。奶婆が証言しているので、これで網羅しているはずだ。

病気だな、と思わずにはいられない。

燕年は公開処刑だったという。

酷刑を目の当たりにしたというのに、馮充依は帝《みかど》への露見が恐ろしくはなかったのだろうか。

——あるいは、その露見こそを望んでいたのか……。

すこしでも関心が得たかったのか、嫉妬《しっと》を期待していたのか。

どちらにしても、もと寵妃《ちょうひ》による命がけの足掻《あが》きだったのかもしれない。

——だが最後の一年は、大海だけのようだ。

そのまえが亮という宦官、さらにまえが懿炎という宦官だが、どちらも数か月足らずで終わっている。なにに惹《ひ》かれたのかは知るよしもないが、大海に対してはたしかに本気だったのだろう。

延明はゆっくりと名簿ひとりひとりに目を通す。

副官の調査は非常に入念で、馮充依との関係のほか、小海が殺された夜の足どりについてもそれぞれ確認がとられ、記入してあった。

これによれば、馮充依に怨恨を抱いている可能性がありそうで、かつ、小海殺害が可能だったと思われる宦官は数人いる。副官はまだ調べたいことがあると言って出て行ったが、おそらく彼らに関する調査なのだろう。

――ん……？

二十人の名簿のあと、別枠でひとりの名前が載っていて、延明は思わず声をあげるところだった。

副官がおどろくなと断ったのは、おそらくこれのことだ。

年齢は十六歳。官婢《かんひ》が宮廷の家畜小屋で産んだ子で、奴隷の子として育ち、六歳で母が死んだことからあやふやのうちに浄身とされて小宦官《かんがん》――童子となった、とある。

――小海殺害の夜、足どりは不明。

なんてことだ。

延明は表に感情が出ないようにしながら、何度も文字を目でなぞった。

規定では、七歳以下を宮中で使役してはいけないことになっているが、六歳で施術を受けたあと、ずっと後宮で労働についていたという。

しかも、だ。

――師父の名は、燕年……！

腰斬刑となった宦官の名だ。

事情を知る者の証言によると、燕年は能書家として馮氏に重用されていた宦官で、深い愛情をもってその童子を育てていたらしい。

周囲からはまるでほんとうの父子《おやこ》のようだといわれていた、とある。

副官はこの名を、怨恨の強い動機があるとしてここに載せたのだ。

口を覆いたかった。だが、ここにいるのは延明ひとりではないのだ。感情を表にするわけにはいかない。

「延明さま、どちらへ？」

立ちあがると、すぐに華允が声をかけてくる。彼には祭事用の名簿をつくらせているところだった。

「目が疲れたので、外ですこし休めてきます。夏至は間近だ。――華允」

「はい」

「おまえ、よい字を書きますね。字は外で習ってきたのですか」

「いえ、後宮で教えてもらいました」

そうですか、となんでもないふうにうなずき、童子には墨を足しておくように伝える。

それから延明は意識的に背筋をのばしながら中堂《ひろま》を出た。

外の攻撃的なほどのまぶしさには、ひどくめまいがするようだった。

思いがけない来客があったのは、冷静さを取りもどして執務にもどり、後宮運営に関する決済を片づけていたときだった。

取りつぎが伝えてきた名は、桃花との連絡用においた配下のものだった。

仕事をこなす片手間に、通すよう言う。

だが深々と揖礼《ゆうれい》をして入ってきたのは、麻の衣をまとった官奴《かんど》だった。

怪訝《けげん》に目を凝らし、驚愕《きょうがく》する。

「桃、李……！」

思わず桃花と呼ぼうとして、なんとかこらえる。

「おまえたち、出ていなさい」

華允と童子に命じる。桃花のうしろについていた連絡係りは、ほかの員吏たちに席を外させると、中堂の扉を閉めた。

「どうぞここへ。菓子は……あぁ、切らしていたのでしたか」

華允がよく食べるので、来客用の菓子も切らしぎみであったことを思い出す。

桃花は着座せず、困惑した様子で延明の顔をうかがっていた。

「どうかなさったのでしょうか？　おつらそうですわ」

なんでもないと言おうとしたが、どうせ無駄だろうと観念する。

延明は息をつき、客より先に腰を下ろした。もちろん、桃花はそんなことを咎《とが》めたりはしないとわかっている。

「そうですね……これはつまり、つらいということなのでしょう」

自分でもよくわからないほど動揺していた。

「もしよければ参考までに尋ねておきたいのですが、たとえばの話、検屍官《けんし》であった祖父君が手もとに置いた者が、じつは事件関係者だった、あるいは容疑者だった……などという経験はあったりするのでしょうか」

たとえばでもなんでもないが、これでいい。あるという答えが欲しいわけではない。話のまえふりとして尋ねただけなのだ。

だが、桃花のすげない「ありませんわ」を待ったが、ややおいてから返ってきたのは予想外の言葉だった。

「ありますわ。祖父ではなく、わたくしですし、『手もとに置いた』とはすこし異なりますけれども」

「桃花さんが？」

「ええ。──父なのです。祖父は殺されたとお話ししましたけれども、その犯人がわたくしの父なのですわ」

桃花は几《つくえ》の小さなへこみを爪で拡大しようと試みながら、なんでもないことのように言ってのける。

「ま、まってください」

延明はひたいに手をあてた。二の句が継げないとはこのことか。

頭のなかを整理しようとするが、空回りするばかりでなにも整わない。

「そんな、衝撃的な打ち明け話をいましますか……」

「尋ねられましたので」

けろりと言われてしまうと、反応に困る。

延明が話を掘り下げてよいものか思案しているうちに、桃花のほうがさきに「それで」と水を向けてきた。

「これはもしや、延明さまも身近になにがしかの容疑者の方がいらっしゃるということなのでしょうか？」

延明は脱力した。桃花の話をきいたあとでは気が楽だ。

「そこの隅の席から出て行った子どもがいたでしょう。子どもというより少年というべきですか。虐待を受けて師父から捨てられた者で、ほうっておけば野垂れ死にそうでしたので私がひろいました」

掖廷令《えきていれい》着任直後のことだ。

「両手は二、三本ずつ生爪をはがされた状態で、童子に確認させましたが、身体はやはり痣《あざ》だらけでした。爪はいまも治っていません。……とにかく、悪い子どもではないのです」

「はい」

「ところがこれが、容疑者のなかに名前があるのです」

延明は名簿を桃花に渡した。

一番うしろだと教えたが、検屍に携わった以上興味があるのか、桃花は一項目から順に目で追ってゆく。

華允の項目にたどりつくあいだ、延明は華允が犯人である可能性について考えた。

――かなり怪しい、というのが正直なところか。

華允は童子とともに、小間使い用の房《へや》で寝起きしている。だが副官が童子に尋ねたところによると、小海殺害当夜、真夜中に目が覚めたときに華允はおらず、その後半時（一時間）ほどはもどってこなかったのだという。

童子はもちろん、華允とて主人の許可なく外出が許される立場ではない。それが犯行の夜、無断外出をしていたのだ。怪しいことこのうえない。

ちなみにこういったことはこれまで何度かあったのだという。童子が延明になにか伝えようとしていたのは、この件だったのだ。

もっときちんと話をきいてやればよかったと後悔が湧く。

だが、殺したいほどに強い怨《うら》みがあるとしたら、それは馮充依にだけではないかとも思うのだ。小海や大海までも殺害する理由があったとは思えない。

それでもどこか引っかかってしまうのは、小海殺害が華允と顔をあわせたまさにその夜であった点だ。

偶然か、考え過ぎか。無断外出もなんのためにしたのか。

わからないから、こうして疑いを捨てきれずにいる。

「延明さま」

名を呼ばれ、延明ははっと顔をあげた。

呼んだのは桃花ではなく、外から扉を見張っていた配下だった。

「掖廷丞がおもどりです」

「わかりました。入れてください」

入室を許可すると、やや疲労濃い顔の副官がやってくる。桃花に目をとめてわずかにおどろいたものの、なにも言わず延明のそばへとやってきて揖礼する。

「報告がございます。現場にあった瓢簞《ひょうたん》ですが、もとの持ち主がわかりました」

「だれです。こうして急ぎ報告にくるのですから、名簿に載った者なのでしょう」

は、と返事をし、副官は一筋の汗をしたたらせて答えた。

「織室宦官《かんがん》の亮です」

織室宦官はたしかふたり載っていた。どちらも小海殺害の夜、舎房をぬけだしているという共通点がある。

うち、亮とはたしか、大海のまえに馮充依と関係のあった宦官の名だ。捨てられたのちは、かなり荒れたと副官の調べにはあった。

「これより聴取をさせていただいてもよろしいですか」

許可する――そう答えようとしたところで、「延明さま」と、ようやく桃花が名簿から顔をあげた。

「わたくし、じつは捜査に役立ちそうな情報をお届けにあがったのです」

「……なんですって？」

そういえば延明が話すばかりとなってしまっていて、桃花の用件をまだきいていなかった。

「失礼しました。ぜひくわしくきかせてください」

「わたくしが気になったのは、情報の錯綜《さくそう》、そして馮充依さまの奶婆《うば》の反応でした」

「情報の錯綜とは？」

「なぜか、無理心中について加害者と被害者が逆となるような話が流れていたのです。ですがこれは、どうやら織室のなかだけで流れていたうわさのようです。才里に調べてもらいました。奶婆の反応とは、それに対する反応のことですわ」

ほう、と相づちを打つ。それがどのように捜査に役立つのかはわからないが、亮は織室の所属だ。

「それとあわせまして、この名簿と瓢箪です。これで、犯人は特定できるとわたくしは思うのですけれども」

「ちょっとまってください、あまりにもさらりと言うのでき流してしまいそうでしたが……犯人が特定できると仰《おつしや》る？」

桃花は名簿をくるりと返し、こちらへと向けた。

「延明さまが気にしていらっしゃる華允さんですが」

どきりとした。

「……華允が、なんです」

「だいじなのは、手です。華允さんは、指を怪我《けが》していますわ」

＊＊＊

そこは夫婦の家だった。

妻の馮充依――馮玉綸《ぎょくりん》は、よくその小さな厨《くりや》に立った。不器用で、それでも懸命に桃をむいてくれる姿が好きだった。ぼろぼろになった桃は、彼のためだけにむかれたものだ。白い指で口もとに運んでくれるそれは、食べるのがもったいないくらい愛《いと》おしく、甘かった。

物心ついたときには家畜とされていた身で、まさか妻を得られる日がこようとは。屈辱だけの生が、これほど温かく思える日がこようとは。まさか、夢にも思わなかった。

それなのに。

腕のなかにきつく抱きしめていた玉綸が、崩れるように落ちた。彼女の胸には、深々と刃《やいば》がつきたっていた。

鮮やかな血をしたたらせ、なぜ、と彼女は言った。だがそれはこちらの台詞《せりふ》だった。

否――知っていたのだ、ほんとうは。

夫婦だなど、皇帝《ほんとうの夫》の関心をひきたいがための、ただの遊戯だということなど。

愛など、偽りだった。笑顔が好きだと微笑んだあれは、嘲笑《ちょうしょう》にすぎない。夫婦だと言って手をにぎり、抱きしめてくれた温《ぬく》もりはまぼろしだったのだ。夫だと、男だと、身体が欠けていてもそう認めてくれたのは、心にもないうそだった。

すべて知っていた。わかっていた。それでもすがり、喜ばずにはいられなかったさもしい渇望が、愛への渇望が、彼女にわかるだろうか。

毛足の長い敷物に、赤い染みが広がる。

愛しい玉綸の目はもう、なにもうつしていなかった。


名を呼ばれた気がして、ふと、運ぼうとしていた薪《まき》から顔をあげた。

空は青く、燕《つばめ》が高く舞っていた。その下を『妖狐《ようこ》の微笑み』で知られる孫延明を先頭として、数名の宦官がやってくる。

困惑しながら揖《ゆう》で迎えると、「失礼」との一言で延明に腕をとられた。表情こそやわらかだったが、失礼だなどとは微塵《みじん》も思っていない声だった。

「なにをなさるのか！」

抵抗したが、存外その力は強かった。利き手をひねりあげられ、手にまいていた巾《きん》が強引に暴かれる。

まさか、と思う。自然と反対の手で、袍《ほう》の胸をにぎっていた。玉綸の血がしみた大事な袍だ。

「懿炎さま」

きき覚えのある声で呼び、孫延明の背後から官奴《かんど》が進み出た。

顔を隠していて、だれだかはわからない。だが声にはたしかに覚えがあった。

「小海さまを、殺しましたね」

そのしずかな声に、息が止まるかと思った。

「……なにを、ばかな。小海は入水《じゅすい》だろう。遺書だってあったはずだ。それより、おまえ」

「あれはほんとうに遺書だったのでしょうか」

官奴はことりと小首をかしげた。

「たとえば、こうするのはどうでしょう。こう言って、小海さまを呼びだすのです――おまえの兄の遺体を秘密裏に埋葬する手配ができた。棺《ひつぎ》に書簡《てがみ》を入れてやるから書いたらどうだ？　おまえが謝れば、かならずあいつは許してくれる。だが罪人の埋葬だからひみつだ。だれにも見られないよう、池のほとりで会おう」

「なにを、見てきたかのような妄言を！」

「ええ。これは想像ですから、たしかに妄言です。ですがこのように簡単に、あのような自筆の遺書とされるものは書かせることができるのです」

「なんなんだ……おまえは。小海は自殺だと、そのように」

そのように判断されたはずだ。

だが背後に立つ孫延明は「いいえ」ときっぱりそれを否定した。たしか現在の職は掖廷令《えきていれい》だ。喉《のど》が空唾《からつば》をのむ。

「検屍《けんし》によって、小海は他殺であると判明しています。何者かに背後から押さえられ、溺死《できし》させられたのだと。そう、このように」

ひねられた腕が解放されたかと思えば、背後から首をつかまれ、強引に倒された。

一瞬で背に体重をかけた膝《ひざ》がのり、衝撃とともに胃を圧迫された。あごをしたたか地面に打ち付ける。

「くそ、やめ……っ！」

抵抗したが体を起こせない。後頭部をつかまれ、顔面を土に押し当てられた。

「痛っ、なんなんだ、やめろ！」

「懿炎さま、ご自分の手をご覧ください」

官奴が膝をつき、懿炎をのぞきこんでいた。

はっとして、動きを止める。

手が、思わず孫延明の手に爪を立てていた。

「争えば、このように相手はかならず抵抗します。懿炎さま、その手の傷はあきらかにひとの指によってつけられたものですね。弁解のしようがありません。覚悟なさってくださいませ。小海さまが生きようと、必死にえぐったものですもの」

「ちがう……これは……」

孫延明が膝をどけ、手を放した。

懿炎はそのまま地べたに座りこみ、じっとおのれの両手の甲あたりを見つめた。連日、高温の湯気にあてられ、赤く腫《は》れた手だ。その肉をえぐるようについた、いく筋もの深い傷がある。

どうみても、ひとの爪によって搔《か》かれた傷だ。

「あなたの皮や肉のついた、小海さまの爪をわざわざ洗いましたね？」

「我らもしてやられた感がありますよ。一度は自害だと誤認し、再検屍した際も爪がきれいであったために、酩酊《めいてい》していたので抵抗ができなかったのだろうと考えてしまいました。だが、よけいなことをしましたね」

孫延明は配下から酒瓢簞《ひょうたん》を受けとって、懿炎に示した。

「これは現場に置かれていたものです。持ち主が亮という宦官《かんがん》であると判明しています」

「では亮が犯人だろう！」

「亮さまは犯人ではありません。手に傷がありませんもの。それに、小海さまもこの瓢箪の中身を飲んではいないはずですわ。いえ、よしんば飲んでいたとしても、酩酊などするはずがありません。亮さまの持っていたこの瓢箪の中身は、水で薄めた安酒なのですもの」

「ばかな」

言い訳が思い浮かばない。手の傷がうずくように痛んだ。

これはまずいと思ったから、小海を舟で運んで深みに沈めるまえに、やつの爪をきれいに洗ったのだ。懿炎の血と皮膚片がこびりついたあの爪を。それなのに――。

なんとか言葉をひねりだそうと考えるあいだ、官奴はただまっすぐに懿炎を見つめていた。

ふと目を凝らして、懿炎はようやくそれがだれなのかを理解した。だが、ずいぶんと印象がちがうのではないか。

懿炎が知るのはぐうたらで、やさしく同情的で、自分の偽善に満足しているような女だ。そういう女だと思っていた。それなのに、いまこうして懿炎を追いつめているこの目はなんだ。

一切の同情がない。大盤ぶるまいのやさしさも、憐憫《れんびん》もなかった。

ただ一心に事実だけを見つめようとする、強固なまなざしだ。

「……俺がなぜ、小海を殺さねばならない」

なんとかそう絞りだした。

だが官奴は——姫桃花は、この抵抗に一毛たりとも動じなかった。

「あなたが、馮充依さまと大海さまを殺したことに関連するのではと」

「また妄言か。あれは無理心中だろう」

「残念ですけれども、小海さまは生前の聴取にて他殺をしめす玉堂の遺体状況について語り、それらは記録がされています。小海さまを殺しても口封じになどならなかったのです。馮充依さま大海さまは、ともに他殺ですわ」

口封じにならない？

ちがう、と懿炎は心の中でつぶやいた。あのときたしかに、懿炎にとっての口封じは成功したのだ。

「では一応きかせてもらおうか。なぜ大海らを殺したのは俺だと思うのだ」

「まずは力、ですわ」

彼女は淡々とそう説明した。

「小海さまの話から、大海さまは絞殺であったと推察されます。縄で首を絞めてから、縊死《いし》に見せかけるよう吊《つ》りあげた。——火災さえなければそれらをしめす証拠、首をぐるりと一周した紫の縄痕《じょうこん》、そして耳のうしろで八の字を描く白い縄痕の、あわせてれません」

二本が確認できたものと思われます。首には抵抗の際についた掻き傷もあったかもし
「二本の縄痕……？」

つまりあれはすぐに露見するような、浅はかな細工であったということか。火災さえ起きなければ、もっと早い段階ですべては終わっていた。

「問題は、これが力仕事であるという点ですわ。梁《はり》には縄がかけられた痕《あと》があり、結ばれた形跡は敷居にありました。梃《てこ》とおなじですが、成人ひとりを縄で吊りあげる作業は容易ではありません。その縄を低所で結ぶ作業も同様です。梁は滑車ではありませんもの。――ですので、体格の劣る子ども、あるいは手指に力の入らない者は除外されます」

「それだと力のある成人なら、だれにでも犯行は可能だな」

「あわせての判断材料は、錯綜《さくそう》していた情報です」

「なんだそれは」

「馮充依さまと大海さまの発見時、遺体は小海さまの手によって入れ替えが行われていました。ですので、その段階ではあくまでも充依さまによる無理心中であったのです」

「…………」

「ところが、妙なことを言う方たちもいました。大海さまが妃嬪《ひひん》を刺し殺した、と。わたくしははじめこれを、情報の錯綜だと思いました。不完全な箝口令《かんこうれい》がそうさせるのだと。なにせ、執着していたのは大海さまだという話もありましたから」

でも妙なのです、と桃花は軽く腕を組み、片手をあごにあてた。

「充依さまの火遊びを身近でよく知っていたはずの奶婆《うば》が、一笑に付したのですわ。なあにそれ、と。それに彼女の口から語られたのは、一貫して充依さまによる大海さまへの執着です。大海さまがそうであったなどという話は、欠片《かけら》とて出ませんでした」

視線がゆれた。桃花ではなく、懿炎の視線だ。

「これは変ですわ。大海さまが充依さまに執着していたという話が荒唐無稽《こうとうむけい》ならば、なぜ彼らは――亮さまと懿炎さまは、そのような誤りをしていたのでしょう。調べましたが、これらの誤った情報は織室にしか存在していなかったのです。織室には、馮充依さまの関係者がふたり在籍していますが、これも亮さまと懿炎さまです」

桃花は指を二本立て、うち一本をゆらす。

「そういえば亮さまは言っていました。『刺されたのは馮充依だってきいたぞ』と。きいたぞとは、だれに？」

そこまで言うと、桃花は口のなかを湿らせるように、言葉を区切る。

「くり返しますがこの時点ではまだ、小海さまの入れ替え工作を知る者はいません。

事件は馮充依さまによる無理心中なのです。逆にこのとき、ほんとうは馮充依さまが刺されていたと知っているのは、ふたりだけ。小海さまと犯人です。さあ、亮さまはいったいだれに『きいた』のでしょう」

　なんなのだ、と思う。

　なんなのだこの女は。

「……………きいた、とあえて伝聞の形式を使ったのかもしれんぞ。ほんとうは亮が犯人なのかもしれない」

「可能性はありました。けれども、わたくしは見ているのですわ。遺体発見のあの日、亮さまの手のひら付近にはやけどによる水ぶくれがあったのです。しかしいずれも針で穴をあけてありましたが、むけてはいませんでした。もし、大海さまを吊りあげる大作業をしていたなら、ああはなっていなかったでしょう。そして小海さま殺害後も、手にはあなたのような掻《か》き傷《きず》などは見受けられませんでした。つまりどちらの殺人も、亮さまは犯人ではありません」

　桃花はそっと指の数を減らす。

　人さし指が懿炎に向けられた。

「懿炎さま、あなたが充依さまと大海さまも殺しましたね」

「俺は……」

孫延明が、冷酷とも思えるような目で微笑んだ。

「無駄な抵抗ですよ。私からも残念な知らせをしますが、律では人を殺せば死罪となっています。殺した人数は問われません。あなたの場合、その傷について整合性の取れる説明ができないかぎり、すでに死罪は確定しているのです」

「死罪……そう、か……」

その言葉をきいて、どこかほっとしたのはなぜだろうか。

三人を殺し、保身のためにあれほど小細工を弄《ろう》したというのに。おのれでも、もうよくわからない。

「俺に来世はないのだな」

「ありません。騾馬《らば》にすらなることは叶《かな》わぬでしょう」

「なら、いい。もう苦しみも幸せも、すべてはつらいだけだ。——俺が三人を殺した」

脱力したように告げると、孫延明の陰から少年が顔を出した。

腰斬刑《ようざんけい》となった燕年の童子だ。すっかり成長していたが、面影があった。

燕年がかわいいかわいいと言っていた小生意気な顔に非難の色を浮かべ、こちらを見ている。

「そんな顔をするな。馮玉綸が憎かっただろう?」

少年は答えない。たしか華允という名だったろうか。

「俺も憎かった。憎いほど愛していた。……俺は、すべて偽りと知っていながら玉綸を愛したのだ。それでもいいと思っていた。どうせだれも玉綸の心など手に入れられぬと思っていたからな」

それは宦官《かんがん》が宦官のなかでのみ生きていけるのと、よく似ていた。

みな偽りなら、偽りでもよかった。しかたがないと諦《あきら》めることができた。

「それなのに、大海……。あいつだけはちがった。許せるか？　許せるはずがない。あいつだけが本物を手に入れるなど。この手にあった温《ぬく》もりはすべて偽物で、なぜあいつだけが本物なのだ？　俺と大海のなにがちがった？」

おなじ宦官。なにもちがわないはずだ。それなのに。

本気で恋する玉綸も、向けられた本物に困り顔をする大海も。見れば見るほど耐えられなかった。――だから殺した。

「殺さなければ、俺は俺を守れなかった。まぼろしであってもしあわせだった記憶を守れなかった。そうだ……すべては愛のためだ」

よく玉綸が言っていた言葉だ。

見あげれば、ちょうど三羽の燕《つばめ》が空を舞っていた。

＊＊＊

夏至の当日は、適度に涼風が吹き、空の晴れ渡ったさわやかな一日となった。

帝《みかど》は数日におよぶ潔斎を終え、夏至の大祀《たいし》を行っている。

後宮では皇后が火鑽《ひき》り臼《うす》で火を起こし、妃嬪らに授けて古い火ととりかえる儀式が滞りなく行われた。

本格的な夏の到来である。


「蟬が鳴いていますわ。花園のほうでしょうか」

「かもしれません。しかしここは、カエルのほうがうるさいようです」

木がなく、開けているからかもしれない。

高くゆれる梢《こずえ》がないかわり、地には背の高い雑草がゆれていた。ときおり風が止《や》むと、むっとした臭気が鼻をつく。

「履《はきもの》が汚れる心配をしなくてよいのが助かりますね」

延明がそう言ったのは、ふたりとも官奴の服装をしているからだった。手提げ桶《おけ》を持ち、麻でできた粗末な上下に草履である。とくに、草履は捨てればよいから楽だ。

細かな砂礫《されき》が入りこんだが、童子に洗うよう命じなくてもよいから気が咎《とが》めない。

しかし桃花は、どうだろう？　と言いたげな表情をしている。延明は思い直した。

『助かりますね』などと同意を求めたのが間違いだった。身だしなみに無頓着《むとんちゃく》な彼女なら、そもそもどんな服装であっても汚れることを厭《いと》わない。

「あちらです」

延明が先に立ち、大きめの礫《こいし》が転がる足場の悪い道を先導する。

ふたりが官奴に扮《ふん》して訪れたのは、後宮の隅にある水場だった。

カエルの声がいっそうにぎやかになり、臭気が強くなる。小海が殺された、下水処理のための巨大な池だ。

夏至はその当日と前後二日間——計五日間は仕事が休みである。その洗沐《きゅうか》を利用して行きたいのだと、連絡係りをとおして桃花からねだられたものだった。

なんとも色気のないことだと思う。しかし、閑散としていて気が楽ではあった。

「——おや、先客がいるようです」

目的の場所には、生い茂った草にまぎれるようにだれかが座っていた。うしろ姿だが、その手に瓢簞《ひょうたん》がにぎられているのがわかる。

「亮さまのようですわ」

「隠れましょう」

桃花の衣をひいて、丈のある草陰に身を隠す。さすがに桃花と面識がある官に、この姿を見せるわけにはいかない。

ふたりがじっと見守るさきで、亮はちびちびと酒をのんでいた。

小海への弔いなのだろう。

「……ここで発見された瓢箪は、彼が大海のために玉堂付近に供えてきた物だったそうですよ」

懿炎の捕縛後、亮にも聴取と確認を行ったところ、そのように答えていた。玉堂の近くで、いまとおなじようにしてのんだらしい。玉堂の中まで入るつもりで行ったが、掖廷《えきてい》による不寝番があったためそれは叶わなかったという。

半分をのみ、半分をそのまま置いてきた。小海が殺された夜のことだ。

当夜、舎房からぬけだしたのはそのためで、懿炎はあとを尾行し、亮が去ったあとで瓢箪を回収したと認めている。時刻としては小海殺害よりも後の話だ。

目的はもちろん亮に疑いを向けさせるためだ。酒をのんでの入水《じゅすい》というのも信憑性《しんぴょうせい》があってよいと考えたという。長年のつき合いで、酒を供えに行ったことは予測できていた。瓢箪にのこっていた酒は、小海がのんだように見せかけるために捨てたという。

亮は友への見栄から、水増しの酒であることは言っていなかったそうだ。

「亮さまと懿炎さま、おふたりは仲がよいように見えたのですけれども……」

「亮はどうであったか知りませんが、懿炎によると、友情は亮が馮充依による寵愛《ちょうあい》をうけた時点で破たんしていたそうですよ」

馮充依が懿炎を捨てたあと、つぎの相手となったのが亮だった。

それでも表面上は友人としてつきあえたのは、亮も数か月たらずで捨てられたからだという。

「嫉妬《しっと》ですわね」

「ええ。懿炎を凶行に駆りたてたのもそうですね。怨恨《えんこん》ではなかった」

嫉妬の炎が噴き出すきっかけとなったのは、馮充依が賄賂《わいろ》で大海をそば付きにしようとしたことだった。いくらでも替えがきく宦官に対して、馮充依がそれほど執着したのははじめてだったという。大海は唯一無二になったのだと衝撃をうけた。

殺すしかなかった、と懿炎はいまでもそう主張している。

ちょうどあの火災があった夜、大海が呼んでいると偽って、ひそかに馮充依を玉堂へと連れ出したのだという。そのときはもちろんまだ火は起こっておらず、鍵《かぎ》は馮充依が持っていた。

大海に会えるとよろこぶ馮充依を刺し殺し、そのあと大海には、小海が玉堂に連れ込まれたと吹きこんだ。彼らが契兄弟であることは知っていたのだという。

あわてて駆けつけた大海を、背後から縄で絞め殺した。

「わざわざ大海による無理心中に見せかけたのは保身と、それこそ浅ましい男の嫉妬心からだったようです」

そうすることで、執着していたのは大海のほうであると皆に知らしめたかったのだという。懿炎にとって、馮充依の恋はよほど受け入れがたかったのだろう。ときには周囲に対して「大海はじつは馮充依のことを愛しているらしい」などと吹きこんだこともあるというから恐れ入る。

「小海殺害に関しては、はじめから殺すつもりで呼びだしたわけではなかったそうです。もちろんその可能性は考えていたようですが、玉堂でなにかを見たのか——犯行の一部なりを目撃されてはいないか、証拠などがのこっていなかったか、その探りを入れたかったそうです」

「結局、殺してしまったのですね……」

「やはり大海が無理心中をおこすなどおかしいと、そう強く主張をはじめたそうです。大海は馮充依の恋着に迷惑をしていたのだ、と。許せなかったそうですよ。懿炎がなにより欲しいものを得た大海が、それを迷惑がっていたという言葉が。目撃されたか否かはもはやどうでもよかったそうです」

あのうるさい口を黙らせたかった、と懿炎は残酷な言葉で供述している。

遺書はやはり、大海への弔いのためになどと巧《うま》く誘導して書かせたとのことだ。検屍《けんし》結果で導き出されたとおりの方法で溺死《できし》させ、舟に乗せて池の中央まで運んだと供述している。争った際に衣服は濡《ぬ》れたが、ふだんから湯を使う仕事が多く、湿っていてもだれも気にしなかったようだ。

ちなみに充依を刺したときの血痕《けっこん》も、袍《ほう》の染織汚れにまぎれてだれにも気がつかれなかった。懿炎は豪胆なことに、ずっと血汚れのついた袍に袖《そで》をとおしていたのだ。

「――おや」

延明は眉《まゆ》をあげた。延明たちとはまたべつの道をやってくる人影がある。

「華允ですか。これではなかなか出られませんね」

華允は池までやってくると亮と言葉を交わし、その隣に腰を下ろした。

亮がなにかを手渡すのが見える。受けとった華允はそれを大事そうににぎりしめて、じっとうつむいた。

「あれはおそらく、華允さんの師父であった方の遺骨ですわ」

「おやそのようなものが……わずかでも華允の慰めになるとよいのですが。いまでも当時のことを思い出して、夜眠れぬこともあるそうなのです」

燕年は公開処刑であった。やじ馬が楽しむ類《たぐい》のものではなく、関係者への見せしめのための公開だ。馮玉綸はもちろん、所属の宦官《かんがん》その童子にいたるまでが酷刑に立ち会った。そのときの光景が、夜中にとつぜんよみがえることがあるのだという。

華允の無断外出はそのせいだった。夜中に目覚めては、廁《かわや》にこもったりひたすら歩きまわったり走ったりと、なんとか気を紛らわせようとしていたのだと本人からきいた。

桃花は「そうでしたか」と痛ましげに目を細める。

「華允さんの心のうちの傷は、わたくしにはどうにもして差しあげることはできませんけれども、ひとつ、延明さまの憂慮が晴れたようでようございました」

「いまにしてみればいらぬ憂慮であったと思います」

華允は言っていたのだ。一時でも夢が見られたなら、それはそれできっと幸せ者なんだと思う、と。あれは燕年のことだったのだろう。怨《うら》んではいなかったのだ。

「あなたにもおかしなことをきき、結果としてつらい過去を話させてしまいました」

「父が祖父を邪魔だとして始末してしまった件についてでしょうか」

「……始末という言い方はいかがなものかと」

「大した話ではありませんから、どうぞお気になさらないでください。父は祖父とは真逆の検屍官で、祖父は目のうえのたんこぶだったのです。それを取りのぞいたあと、わたくしを借金返済のために売り払ったというだけの話なのです」

どのあたりが大したことのない話なのか。頭を抱えたい。

「とりあえず、そろそろもどりませんか。弔いは彼らにまかせたほうがよいでしょう」

しゃがんでいたはずの桃花は、地面にすっかり座り込んでいた。水はけはよいが、池の用途が用途であるので衛生的に考えてもよろしくない。それに、彼らのほうが小海との縁があるのだから適任だろう。

桃花もおそらく後者を思ったのだろう、眠たげに目をこすりつつうなずいた。


出番のなかった手提げ桶《おけ》から杯《さかずき》を出したのは、着がえにつかった小屋まで帰ってきてからのことだ。

女官と宦官の服装にそれぞれもどると、やはりしっくりとくる。

「弔いにと思って持ってきましたが、せっかくなので一献かたむけて帰りませんか」

「まあ、夜光杯《やこうはい》ですか」

とりだした玉《ぎょく》の杯を見て、桃花が目を丸くする。

「このようなところでつかうものではありませんわ」

「おや、あなたのことだ、おいしいものが口に入れば器などなんでもよいものかと」

「おおむねその意見にまちがいないのですけれども、さすがに上等すぎるのではありませんか」

桃花はそっと杯を持ち、窓から射す光に透かす。太子から贈られたのは、淡く黄色みのかかった乳白色の夜光杯だった。

「とてもきれいです。延明さまのようですわ」

感嘆の声に、軽く耳を疑った。

「もしやいま、婉曲《えんきょく》に私をきれいと褒めましたか？」

「杯を褒めたのですけれども」

「いいえ、私のように杯もきれいだと」

「ちがいます。この杯はまるで月のようにきれいだと。そして延明さまは月に似ていると申しました」

「私が月ですか？」

やはり褒めていると思ったが、あえてそれ以上は言わずに酒を注いだ。

桃花は袖で口もとをかくし、飲み干す。老猫のくせに、こういった所作はうつくしい。

「延明さまはわたくしを白梅と結びつけますけれども、わたくしにとって延明さまといえば、夜空の月を連想させるのです」

「夜に訪問することが多かったせいでしょうか。日中会うとしたら、それは検屍のときですからね」

「それもあるかもしれませんが、儚《はかな》げになったりうるさいほど光ったり、そういったところが満ち欠けをする月のようなのですわ」

「……うるさいほどというのが、ややよけいですね」

「新月が、きっと孫利伯さまなのです」

桃花の口から利伯の名が出て、軽く目をみはった。

「新月は見えずとも死してはおりません。必ずそこにあるのです。そして徐々に、あえかな輪郭をもって夜空にあらわれるのですわ」

そう言って、桃花は微笑んだ。

まるで綿毛が舞うような、ふんわりとした笑みだった。

そのめずらしさに、思わず見入る。

「延明さま？」

「……そういえばこれまで、こういった明るいなかで話をする機会はありませんでしたね」

「検屍でお会いしていますけれども」

「死体のまえでなど微笑まないでしょう」

なんの話だか分かりませんと言い、桃花が二杯目を注いでくれた。

「白梅と月か」

どちらも夜に映えるものだが、とりあわせとして悪くない。

夜光杯を手に、延明はおだやかな笑みを浮かべた。

「延明、どこにいってた」

自室へともどってきた延明を迎えたのは点青だった。

「どこもなにも祭日ですよ」

点青こそ私服で、目の色に合わせた鮮やかな印花の紗《しゃ》をまとい、まばゆい耳墜《じつい》をさげていた。いかにも寵《ちょう》を得ていますといった装いだ。

しゃらしゃらと装飾の音を立てながら歩き、延明が着いた几《つくえ》のまえに立つ。

「副官もおまえを捜している。まだ会っていないんだな？」

「なにごとです」

どうやら間男の愚痴をきかせにきたわけではないらしい。

点青は真剣な顔で腕を組んだ。

「懿炎が、思い出したように妙な供述をした。馮充依らを殺して玉堂から逃げる際、こそこそと人目を忍んで歩く不審者を見たそうだ。そばにきたので物陰に隠れてやり過ごすと、油のにおいが鼻をついたらしい」

「油……まさか――」

放火、という言葉が頭に浮かんだ。懿炎が馮充依らを殺害した夜、掖廷獄《えきていごく》はまさに火災を起こしている。出火原因はいまだ不明だ。

きびしい表情で点青もうなずく。

「そいつ、掖廷方向から後宮にもどってきたんだと」

「懿炎は顔を見たと言っていますか」

「ああ。ちょっとまえに後宮八区で首を吊《つ》ったやつがいただろ、城外に捨てられた死体を回収して埋葬までしてやるとか言って、結局見つからなかった」

「まさか、自縊死《いし》した八区の金剛であったと？」

点青が首肯する。

これはいったいどういうことか——延明はうなった。

証言どおりならば、金剛は掖廷獄に火付けをし、その足で自縊死に向かったことになる。

「……これは、よくよく調べねばなりませんね。金剛単独による放火ならば、動機はおそらく怨恨《えんこん》などによるものでしょう。よほど殺したい囚人がいた、などの。問題はだれかの指示であった場合です」

「後者だろ。こういう場合、なにかの捨て駒として動いたと考えるべきだろ」

「決めつけはいけませんよ。しかし、急ぎ油の入手経路の調査、および金剛の棺《ひつぎ》の捜索をおこないます」

懿炎の目撃証言がたしかであり、金剛が何者かの指示で動いていた場合、放火の目的はいったいなんであったのか。なにより……

——裏にいるのは、いったいだれだ？

【主な参考文献】

『中国人の死体観察学　「洗冤集録」の世界』宋慈・西丸與一（監修）・徳田隆（訳）／雄山閣出版
『毒殺』上野正彦／角川書店
『死体検死医』上野正彦／角川文庫
『法医学事件簿　死体はすべて知っている』上野正彦／中公新書ラクレ
『宦官　側近政治の構造』三田村泰助／中公新書
『宦官　中国四千年を操った異形の集団』顧蓉・葛金芳・尾鷲卓彦（訳）／徳間書店
『検死ハンドブック』高津光洋／南山堂
『新訂　死体の視かた』渡辺博司・齋藤一之／東京法令出版

本書は書き下ろしです。
この物語はフィクションであり、実在の地名・
人物・団体等とは一切関係ありません。

後宮《こうきゅう》の検屍女官《けんしにょかん》2

小野《おの》はるか

令和3年 11月25日　初版発行
令和6年 10月30日　8版発行

発行者●山下直久

発行●株式会社KADOKAWA
〒102-8177　東京都千代田区富士見2-13-3
電話　0570-002-301(ナビダイヤル)

角川文庫 22915

印刷所●株式会社KADOKAWA
製本所●株式会社KADOKAWA

表紙画●和田三造

●お問い合わせ
https://www.kadokawa.co.jp/ (「お問い合わせ」へお進みください)
※内容によっては、お答えできない場合があります。
※サポートは日本国内のみとさせていただきます。
※Japanese text only

ISBN 978-4-04-111776-7　C0193

角川文庫発刊に際して

角川源義

第二次世界大戦の敗北は、軍事力の敗北であった以上に、私たちの若い文化力の敗退であった。私たちの文化が戦争に対して如何に無力であり、単なるあだ花に過ぎなかったかを、私たちは身を以て体験し痛感した。西洋近代文化の摂取にとって、明治以後八十年の歳月は決して短かすぎたとは言えない。にもかかわらず、近代文化の伝統を確立し、自由な批判と柔軟な良識に富む文化層として自らを形成することに私たちは失敗して来た。そしてこれは、各層への文化の普及滲透を任務とする出版人の責任でもあった。

一九四五年以来、私たちは再び振出しに戻り、第一歩から踏み出すことを余儀なくされた。これは大きな不幸ではあるが、反面、これまでの混沌・未熟・歪曲の中にあった我が国の文化に秩序と確たる基礎を齎らすためには絶好の機会でもある。角川書店は、このような祖国の文化的危機にあたり、微力をも顧みず再建の礎石たるべき抱負と決意とをもって出発したが、ここに創立以来の念願を果すべく角川文庫を発刊する。これまで刊行されたあらゆる全集叢書文庫類の長所と短所とを検討し、古今東西の不朽の典籍を、良心的編集のもとに、廉価に、そして書架にふさわしい美本として、多くのひとびとに提供しようとする。しかし私たちは徒らに百科全書的な知識のジレッタントを作ることを目的とせず、あくまで祖国の文化に秩序と再建への道を示し、この文庫を角川書店の栄ある事業として、今後永久に継続発展せしめ、学芸と教養との殿堂として大成せんことを期したい。多くの読書子の愛情ある忠言と支持とによって、この希望と抱負とを完遂せしめられんことを願う。

一九四九年五月三日

後宮の検屍女官

小野はるか

ぐうたら女官と腹黒宦官が検屍で後宮の謎を解く!

大光《だいこう》帝国の後宮は、幽鬼騒ぎに揺れていた。謀殺されたという噂の妃の棺の中から赤子の遺体が見つかったのだ。皇后の命で沈静化に乗り出した美貌の宦官・延明《えんめい》の目に留まったのは、居眠りしてばかりの侍女・桃花《とうか》。花のように愛らしいのに、出世や野心とは無縁のぐうたら女官。そんな桃花が唯一覚醒するのは、遺体を前にしたとき。彼女には検屍術の心得があるのだ——。後宮にうずまく疑惑と謎を解き明かす、中華後宮検屍ミステリ!

ISBN 978-4-04-111240-3